전상국의 즐거운 마음으로 글쓰기

전상국의 즐거운 마음으로 글쓰기
전상국 지음

초판 1쇄 | 2012년 01월 20일
초판 2쇄 | 2015년 03월 20일

지은이 | 전상국
펴낸이 | 신현운
펴는곳 | 연인M&B
기 획 | 어인화
디자인 | 이수영 이희정
마케팅 | 박한동
등 록 | 2000년 3월 7일 제2-3037호
주 소 | 143-874 서울특별시 광진구 자양로 56(자양동 680-25) 2층
전 화 | (02)455-3987 팩스 | (02)3437-5975
홈주소 | www.yeoninmb.co.kr
이메일 | yeonin7@hanmail.net

값 10,000원

ISBN 978-89-6253-111-4 03810

물은 스스로 길을 낸다. 웅덩이를 채웠다가 넘쳐흐를 만큼의 수량이 문제다. 물줄기가 위로 솟구치는 샘물을 발견하는 것은 전적으로 그들의 몫이다. 재능을 찾아내는 것도 그 재능이 창작 에너지로 활활 타오르게 하는 것도 그들이 할 일이다.

전상국의
즐거운 마음으로
글쓰기

누구나 다 좋은 글을 쓰고 싶어합니다. 좋은 글이어야 읽는 사람의 마음을 사로 잡을 수 있다는 것을 알기 때문이지요. 그러나 대부분의 사람들은 좋은 글을 쓰고 싶다는 바람만 간절할 뿐 어떤 글이 좋은 글인지, 그런 좋은 글을 쓰려면 어 떤 노력이 필요한 것인지에 대해서는 별 로 생각하고 싶어 하지 않습니다.

연인M&B

인터넷 시대, 다양한 글쓰기 역량이 그 사람의 수준을 결정짓는 중요한 잣대 역할을 하고 있습니다. 그리하여 글쓰는 일 앞에서 누구나 긴장하게 됩니다. 이왕이면 다홍치마라고, 읽는 이를 사로잡을 수 있는 좋은 글을 쓰고 싶기 때문이지요.

그러나 좋은 글을 쓰고 싶다는 바람만 간절할 뿐 어떤 글이 좋은 글인지, 그런 좋은 글을 쓰려면 어떤 노력이 필요한 것인지에 대해서는 별로 생각하지 않습니다. 그 노력 끝에 얻게 되는 글쓰기의 즐거움을 모르기 때문입니다.

글쓰는 즐거움을 아는 사람만이 좋은 글을 쓸 수 있습

니다. 내가 신명을 내지 못한 글이 어찌 다른 사람의 마음을 움직일 수 있겠습니까.

즐거운 마음으로 글쓰기

왜 쓰는가, 무엇을 쓸 것인가, 어떻게 쓸 것인가. 그동안 대학 강단에서 또는 여러 곳의 문예창작 강좌에서 묻고 답했던 글쓰기의 이론과 실제를 모아 정리하는 가운데 얻은 키워드입니다.

좋은 생각이 정확하게→효과적으로→아름답게 표현될 때 글쓰기의 즐거움이 따릅니다.

2012년 壬辰年 새해
전상국

Contents

열린 마음으로 글쓰기의 즐거움 찾기

어떤 표현 형식의 글을 선택할 것인가

Contents

제4부

작가 전상국의 즐거운 글쓰기 이야기 네 편

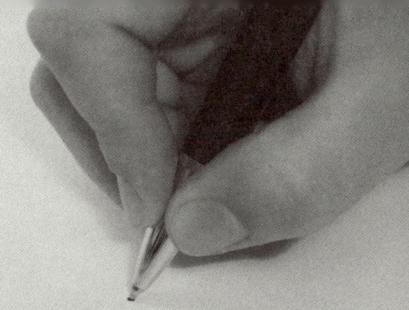

제1부

열린 마음으로 글쓰기의 즐거움 찾기

제1강 열린 마음으로
—글쓰기의 즐거움 찾기

　남들이 쓴 좋은 글을 읽는 것만큼 행복한 일은 없습니다. 사실은 그것보다 더 즐겁고 행복한 일이 있습니다. 자신이 직접 좋은 글을 써서 남들의 마음을 사로잡는 것이지요.

　누구나 다 그런 경험이 한두 번씩은 있을 것입니다. 친구에게 쓴 편지 한 장이 평생의 우정을 확인케 하는 그런 감동으로 찾아온다든가, 가족 중 한 사람에게 넌지시 건넨 메모 쪽지가 파도처럼 크게 넘치는 사랑으로 돌아왔던 그런 일들 말이지요.

　또는 어느 잡지의 독자란에 투고한 글이 뽑혀 실렸을 때 그것을 읽은 사람들이 보여 주던 그 반응은 또 얼마나 신나는 일이었습니까.

　자기가 쓴 일기를 읽으면서 혼자 웃고 혼자 울던 그

런 기억도 있을 것이지요. 사랑하는 사람과 열 시간 얘기하고 집에 돌아와 다시 두 시간 전화로 통화한 뒤 그것도 모자라 자리에 엎드린 채 종이에 무엇인가 쓰지 않고는 잠을 잘 수 없었던 그 절실한 글쓰기도 상대의 마음을 사로잡기 위한 신명의 열정에서 나오는 것이겠지요.

친구의 연애편지를 대신 써 주다 보니 결국은 그 여자를 사랑하게 되었다는 어느 작가의 고백을 읽은 일이 있습니다. 연애편지로 상대의 마음을 사로잡던 그 신명의 열정이 결국은 더 많은 사람들을 감동시키는 작가의 길로 들어서게 했다는 것이지요.

누구나 다 좋은 글을 쓰고 싶어합니다. 좋은 글이어야 읽는 사람의 마음을 사로잡을 수 있다는 것을 알기 때문이지요. 그러나 대부분의 사람들은 좋은 글을 쓰고 싶다는 바람만 간절할 뿐 어떤 글이 좋은 글인지, 그런 좋은 글을 쓰려면 어떤 노력이 필요한 것인지에 대해서는 별로 생각하고 싶어 하지 않습니다.

이유는 간단합니다. 글쓰기를 너무 얕잡아 보았거나 아니면 그 반대로 글쓰기를 너무 어렵게 생각하기 때문이지요.

글쓰는 일을 가볍게 생각하는 것도 문제지만 글쓰기를 너무 어렵게 생각하는 것도 좋은 글을 쓰는 데 도움이 되지 못합니다.

글쓰기가 즐거워야 합니다. 좋은 글은 글쓰는 즐거움을 아는 사람만이 쓸 수 있는 법이지요. 내가 신명을 내지 못한 글이 어찌 다른 사람의 마음을 움직일 수 있겠습니까.

그러면 좋은 글을 쓸 수 있는 글쓰기의 그 즐거움은 어떻게 얻어지는 것일까요.

우선 자기가 쓰려는 글 내용에 자신이 있어야 글쓰는 신명이 생깁니다. 자신이 잘 알지도 못하는 글 내용으로는 글쓰기가 힘들게 마련이지요.

자기만 아는 이야기, 누구도 이렇게 생각하지 못했을 것 같은 자기만의 남다른 느낌이 있을 때 글쓰기의 즐거움이 따라옵니다. 자신이 직접 겪은 일을 통해 얻은 어떤 깨우침이나 자기 반성의 솔직한 토로가 글쓰기의 즐거움을 가져다 줍니다.

글쓰는 사람의 솔직성은 좋은 글을 쓰기 위한 첫째 조건입니다.

어느 여자 대학에서 「어머니」란 글제로 전국 여고생 대상의 백일장을 열었습니다. 모두 하늘보다 높고 바다

보다 깊은 어머니의 자식 사랑을 이런저런 일로 확인하게 됐다는 비슷한 내용의 글들이어서 조금 실망스러웠습니다. 그러나 눈에 확 띄는 글이 나타났습니다.

우리 어머니는 개띠고 나는 닭띠다, 그래서인지 나는 어릴 때부터 어머니와 사이가 좋지 않았다.

이렇게 시작되는 글은 심사를 맡은 필자를 긴장시켰습니다. 솔직한 자기 표현이 읽는 이를 사로잡은 것이지요. 그 글은 학교 선생님인 어머니에 대한 자신의 불만을 실감나게 적어 나가다가 어느 날 자신의 키가 어머니보다 훌쩍 커 버린 것을 확인하면서 자기반성에 이르는, 매우 감동적인 결말을 맺고 있었지요. 글쓴이의 솔직성이 그 글을 장원 자리에 오르게 한 예일 것입니다.

솔직성은 진실성과 통하는 말입니다. 글쓸 대상을 바라보는 글쓰는 사람의 진지하고도 정직한 마음이 그 글의 생명이 되어 읽는 이들을 사로잡는 법이지요.

자기 자랑이 담긴 뽐내는 투의 글이나, 자신도 잘 알지 못하는 어려운 구절을 늘어놓는 현학적인 글은 진실성과 거리가 있기 때문에 글쓰는 즐거움이 따를 수 없게 마련이지요.

마음이 닫힌 사람은 솔직한 글을 쓸 수 없습니다. 좋은 글을 쓰기 위해서는 자신의 생각과 느낌을 있는 그대로 표현할 수 있는 용기가 필요합니다. 그 생각과 느낌이 다른 사람들과 다른 것이면 더욱 좋을 것입니다. 남들과 다른 생각, 남들보다 특이한 느낌, 그것이 있어야 글쓰기의 즐거움이 따릅니다.

마음이 열려 있어야 남들보다 좋은 생각, 남다른 느낌이 떠오릅니다. 마음이 열려 있다는 것은 갇혀 있던 그 어떤 것으로부터의 자유로움, 지금까지 쉽게 버릴 수 없던 사물 바라보기의 고정관념으로부터의 벗어남을 의미하는 것이지요.

글쓰기의 또 다른 즐거움, 좋은 글을 쓰기 위한 두 번째 조건으로 독창성에 대해 얘기하겠습니다.

「아파트 생활」이란 제목의 글을 쓰려고 합니다. 남들이 아직 생각하지 못한 좋은 생각이 떠오를 때까지 마음을 활짝 열어 놓고 기다리는 인내부터 배워야 합니다.

제2강 남들이 보지 못하는 것을 볼 수 있어야
—남다른 안목의 독창성

남들이 아직 생각하지 못한 좋은 생각이 떠올랐을 때 글쓰는 신명이 생기는 법입니다. 다른 이들도 그 정도는 이미 다 알고 있는 그저 그렇고 그런 내용, 누구나 금방 떠올릴 수 있는 뻔한 생각을 가지고는 좋은 글이 될 수 없다는 것이지요.

좋은 생각은 성찰과 판단의 단계를 제대로 거칠 때 얻어지는 것이지요. 사물을 바라보는 각도를 이리저리 바꿔 가며 많이 생각하는 가운데 좋은 생각이 떠오른다는 얘깁니다.

「아파트 생활」이란 제목의 글을 쓰기 위해 여러분이 생각한 것은 어떤 것인지요?

㉠ 아파트는 생활의 편의 면에서 최선의 공간이다. ㉡

그러나 아파트 생활은 단독주택에 비해 답답하다. ⓒ 특히 아파트 생활로 이웃을 잃어 가고 있다. ⓔ 또한 같은 크기, 같은 구조 속에서 생각마저 획일화·규격화하고 있다.

대충 이런 정도의 생각을 떠올린 뒤 곧바로 그 생각에 걸맞은 이야기들을 찾아내기 위해 직접 겪은 일이나 남들로부터 들은 얘기들을 머리에 떠올려 볼 것입니다.

아파트 생활이 주부들의 일을 얼마나 많이 덜어 주고 있는가. 그러나 단독주택에 살 때의 여러 가지 좋았던 일이 향수처럼 되살아온다. 특히 시골에서 올라온 노인들이 아파트 생활에 견디지 못해 곧바로 낙향했다는 일화. 더구나 얼마 전에는 바로 위층에서 사람이 죽어 나갔는데도 모르고 있었다. 아파트 사람들은 웬만큼 친하지 않으면 자기 집에 남을 초대하기를 꺼려 한다. 그것은 같은 구조 속에 사는 자신의 살림 형편을 송두리째 드러내는 것이 싫기 때문일 것이다.

그러나 이런 정도의 이야기는 누구나 다 생각할 수 있는 내용이어서 읽는 이들을 사로잡기 어려울 것입니다.

물론 누구나 겪고 있는 이야기인지라 공감은 하겠지만 그 글에 대한 반응은 시큰둥할 것이 뻔합니다. 읽는 이가 미처 생각하지 못한 것이 없기 때문이지요.

누워서 아무렇게나 글을 읽던 사람이 자기도 모르는 사이에 몸을 일으킬 수 있도록 해야 합니다. 아하, 이렇게 생각할 수도 있구나! 읽는 이가 고개를 크게 끄덕거릴 만한 그런 것이 떠오를 때까지 생각의 밭을 파야 합니다. 지금까지의 생각을 뒤집어 본다거나 어떤 고정관념으로부터 벗어나는 일도 필요합니다.

〈아파트는 결코 닫힌 공간이 아니다. 오, 그 공간 속의 칠칠한 자유〉, 〈아파트의 이웃사촌, 형제보다 낫다〉, 〈입주하기 전 아파트 내부를 뜯어고치는 사람들의 그 심리는 어떤 것일까〉, 〈아파트는 누에집, 잠실(蠶室) 고층아파트!〉, 〈아파트 베란다에 연출되는 자연의 맛과 멋〉, 〈아파트 엘리베이터 안에서 생긴 일 10가지〉, 〈몇 동 몇 호 집 여자, 이름 대신 숫자로 기억되는 아파트 사람들〉

이런 식으로 생각을 펼쳐나가다 보면 다른 사람들의 마음을 움직일 수 있는 기발한 발상, 참신한 생각이 떠오르게 될 것입니다.

새롭고 독특한 생각은 세상을 바라보는 눈이 남들과 다를 때 얻어지는 법이지요. 이미 남들이 바라본 위치가 아닌 데서 사물을 바라볼 일입니다. 남들이 모두 안 좋게 생각하는 사람을 다른 각도에서 관찰하다 보면 뜻밖에도 그 사람의 좋은 면을 발견하게 마련입니다.

사물을 뒤집어 보는 눈이 필요하다는 것이지요. 널려 있는 흔해 빠진 것이 아니라 자기 나름의 안목으로 찾아낸 새로운 의미, 새로운 가치를 부여하는 것이 독창성입니다.

남들이 별로 관심을 두지 않는 작고 보잘것없는 것들을 눈여겨보노라면 새롭고 독특한 것이 발견되게 마련입니다. 남들의 눈길이 닿지 않는 곳에서 뭔가 찾아내려는 노력이 필요합니다.

좋은 글은 처음부터 읽는 이들을 긴장시키는 뭔가 있게 마련이지요.

이십여 년 전 「인연(因緣)」이란 글제로 〈마로니에 백일장〉이 열렸습니다. 모두가 사랑하는 사람과의 그 아름다운 연분, 그 인연에 대해 쓰고 있었습니다. 우리의 만남은 우연이 아니었다는 어느 가수의 노래 가사와 비슷한 내용들이었지요. 그 숙명적인 만남, 그 아름다운 인연의 줄을 잘 잡았기 때문에 지금 이렇게 행복하다는 것을 그 좋은 글솜씨를 통해 자랑하고 있었습니다.

글 내용이 모두 비슷해 그야말로 도토리 키재기였습니다. 그러나 어느 순간 야, 이것 봐라, 하고 읽는 이를 바싹 긴장시키는 글이 하나 눈에 띄었습니다.

그 글은 다른 이들과 달리 불행한 인연 즉 악연 이야기로 시작하고 있었지요. 아무리 생각해도 자기 부부의 만남은 결코 좋은 인연 같지 않다는 얘기였습니다. 서로 모든 것이 그렇게 다를 수가 없다는 것을 구체적으로 예를 들고 있었는데 그 솔직성부터가 읽는 이를 사로잡았던 것입니다.

그 글은 그렇게 읽는 이를 긴장시켜 놓고는 서서히 두 사람이 그 악연의 줄을 좋은 인연으로 바뀌어 가는 과정을 매우 설득력 있게 펼쳐 내고 있었습니다. 상대가 가진 것을 인정해 주지 못한 자신의 이기적 사고를 반성함으로써 읽는 이의 마음에 울림을 일으킨 것이지요.

그 글을 쓴 이는 얼마 뒤 수필가로 등단해 좋은 글을 많이 쓰고 있더군요.

다시 한 번 강조하지만 읽는 이들을 긴장시키기 위해서는 그 내용이나 말하는 방법이 독창적이어야 합니다.

그 내용이 낯설고 그것을 얘기하는 방법이 낯설수록 읽는 이들은 그 글에서 눈을 뗄 수가 없기 때문이지요.

사물 바라보기의 남다른 안목은 자기 나름의 철학이 있을 때 가능합니다. 인생살이에 대한 자기 나름의 견해, 즉 인생관·세계관이 필요하다는 얘깁니다. 탈옥수 신창원의 도주에 대한 자기 나름의 독특한 생각, 사회문제가 되고 있는 학교 촌지에 대한 자기 나름의 의미 부여, 천안함 사건이나 탈북 새터민에 대한 자기 나름의 현실 인식 등이 글에 필요한 철학인 것입니다.

사물 바라보기의 날카로운 직관, 웅숭깊은 통찰력이 바로 남다른 안목이며 독창성의 바탕이 되는 것입니다.

좋은 생각이 좋은 글을 만듭니다. 진실을 토로하는 그 솔직성, 그리고 남다른 안목의 독창성에서 좋은 생각이 빚어진다는 것을 터득했다면 이제 여러분은 글쓰기의 즐거운 놀이마당에 들어섰다고 해도 좋을 것입니다.

제3강 독서로 마음의 밭을 가꿔야

　글쓰는 이의 마음의 세계가 넓고 깊어야 좋은 글을 쓸 수 있습니다. 생각의 씨앗이 제대로 싹터 무럭무럭 자라기 위해서는 마음의 밭이 기름져야 한다는 뜻이지요.

　마음의 밭을 넓히고 기름지게 하는 일이 좋은 글을 쓰기 위한 가장 중요한 준비 작업이라는 것을 명심해야 합니다.

　먼저 남들이 쓴 좋은 글을 찾아 읽는 일로 마음의 밭을 기름지게 해야 합니다. 많이 읽고(多讀) 많이 생각하고(多商量) 많이 쓰라(多作)는, 좋은 글쓰기의 금과옥조의 가르침 중에서 책을 많이 읽는 것이 글쓰는 이의 정신세계를 풍요히 하는 가장 분명하고 빠른 길이기 때문이지요.

　독서는 습관입니다. 독서 습관을 잘 길들인 사람은 평

생을 발견의 즐거움으로 행복하게 살 수 있을 것입니다. 육체의 양식을 한 끼라도 거르고는 배고파 못 견디는 것을 생각할 때 정신의 양식을 먹지 못하고 사는 사람들의 그 메마른 가슴, 그 황폐한 정신세계를 짐작하는 일은 어렵지 않을 것입니다.

좋은 생각이 잘 정리돼 멋지게 표현된 것이 좋은 책입니다. 좋은 책은 부단히 살아 숨쉬는 정신세계입니다. 남들의 살아 있는 훌륭한 정신세계를 자신의 정신 속에 불어넣지 않고서는 마음의 밭에 좋은 생각이 자라날 수 없는 법입니다.

닥치는 대로 많이 읽어야 합니다. 이런 책은 안 읽어도 좋다는, 책 선별의 눈이 뜨일 때까지는 손에 잡히는 대로 많이 읽을 필요가 있습니다. 책을 많이 읽다 보면 자신의 정신세계에 어떤 변화가 오는 것을 느낄 수 있을 것입니다. 즉 마음의 밭이 기름지게 되면서 삶의 질이 한결 높아진 것 같은 성취감이 온다는 것이지요.

그 정신세계의 변화가 자기 목소리를 만들어 냅니다. 자기 나름의 철학이 생긴다는 것이지요. 자기 나름의 견해, 자기 철학이 깃들지 않은 글은 만든 꽃처럼 향기가 없을 뿐더러 살아 있는 글이 되지 못하는 법입니다.

책은 곧 인격입니다. 사람의 품격이 갖춰지지 않은 상태에서 좋은 글이 나올 리가 없는 것이지요. 인생살이에 대한 자기 나름의 해석과 의미 부여야말로 자신의 인격이 빚어내는 자기주장이요, 그 철학이기 때문입니다.

자기 안에 고인 철학은 물이 항아리에 차면 넘쳐흐르듯 자신의 말과 행동을 통해 드러나게 마련입니다. 책을 많이 읽으면 읽을수록 자신의 안에 고인 것을 밖으로 드러내 보이고 싶어지는 법입니다. 그것이 곧 글을 쓰고 싶은 충동인 것입니다. 그런 충동이 일어날 때까지 기다려야 합니다.

늦가을 바싹 마른 호박잎처럼 메마른 가슴, 아무것도 든 것이 없는 정신세계에서는 좋은 생각이 싹터 자랄 수 없습니다.

글쓰고 싶은 욕구를 억누르는 일, 쓰지 않고는 이대로 미쳐 버릴 수밖에 없다는 단계까지 독서에 열중하는 그런 정신이 바로 좋은 글을 쓸 수 있는 가장 확실한 방법이 될 수도 있다는 것을 알아야 합니다.

자신이 체험하는 일이 모두 또 하나의 책읽기라고 할 수 있습니다. 세상 읽기, 사람 읽기, 자연 읽기에 남다른 관심을 가져야 글쓰기의 즐거움을 얻을 수 있습니다. 그 체험이 남들이 흔히 하기 어려운 것일수록 마음의 밭은 깊고 넓어지게 마련이겠지요.

특히 좋은 글을 쓰기 위해서는 자연을 읽을 줄 알아야 합니다. 햇빛에 반짝이는 나뭇잎 하나에도 가슴이 떨리는 감수성이 필요합니다. 산길에서 무심히 눈에 띈 새 깃털 하나에도 의미를 줄 수 있어야 합니다. 자연의 신비한 섭리, 그 놀라운 세계에 마음의 밭을 흠뻑 적셔야 합니다.

글쓰는 이들은 사람의 마음을 읽을 줄 알아야 합니다. 남들이 곁을 주지 않는 그런 사람 곁에 스스로 다가가 남들이 보지 못한 그의 참모습을 읽을 수 있어야 합니다.

사람 이해의 눈이 없으면 좋은 글을 쓰기 어렵습니다. 잘난 사람에게서는 못난 점을, 못나고 싫은 사람에게서는 좋은 점 잘난 면을 찾아내고자 노력하는 것이 마음의 밭 가꾸기일 것입니다.

항상 화제가 되고 있는 유명인의 자살이나 청소년들의 게임 중독, 또는 촌지 교사의 해임 문제에 대해서도 매스컴이 몰아가는 인민재판식 읽기가 아니라 여러 각도에서 조명해 보는 눈이 필요하다는 것이지요. 피해자의 처지에서가 아니라 때로는 가해자의 처지에서 상황을 읽어 볼 필요가 있다는 것이지요.

더 중요한 것은 자기 자신 읽기입니다. 남들을 관찰하듯 자기 자신을 객관화할 수 있는 사람만이 좋은 글을 쓸 수 있습니다.

대부분의 글은 자기반성의 형태를 띄고 있습니다. 그러나 그 반성이 자칫 자기 자랑, 자기 합리화에 그치고 말면 독자들은 그런 글에서 눈을 돌리고 마는 법입니다. 진정한 의미의 자기반성은 얼마나 자신을 객관화할 수 있는가에 달려 있다고 봅니다.

이쯤에서 여러분은 좋은 글을 쓰기 위한 준비로 인생 읽기의 눈, 세상 제대로 보기가 중요하다는 것을 알았을 것입니다. 알아야 면장도 한다고, 뭔가 가슴에 차 있지 않고는 독자의 마음을 움직이는 좋은 글을 쓸 수 없다는 것을 명심할 일입니다.

제4강 어휘력을 길러야

지금까지 좋은 생각에서 좋은 글이 나온다는 것에 대해서 알아보았습니다. 요점은 솔직한 마음과 독창적인 안목이 있어야 남들을 감동시키는 좋은 글을 쓸 수 있다는 것이었지요. 다시 말해 그 글 속에 읽는 이들의 마음을 사로잡을 당신만의 철학, 그 세계관이 깃들어 있어야 한다는 말입니다.

이제 그 좋은 생각을 밖으로 드러내기, 즉 그 생각들을 실어 나를 좋은 그릇 만들기에 대해 생각해 볼 단계입니다. 어떤 뭉뚱그려진 생각이나 느낌의 기호화, 곧 표현의 문제입니다.

우선 제대로 된 문장을 써야 합니다. 당신이 만드는 문장에 의해 당신의 생각이 다른 이들에게 전달되는, 글의 기초적인 개념을 가벼이 해서는 안 된다는 뜻이지요.

다 아다시피 문장의 기본 단위는 낱말입니다. 글은 낱말로 시작해 낱말로 끝나기 때문이지요. 따라서 올바른 낱말의 사용이 정확한 글, 좋은 글을 만드는 필수 요건이라는 것을 잊어서는 안 됩니다.

좋은 글을 쓰기 위해서는 우선 어휘력부터 길러야 합니다. 낱말을 많이 아는 일, 그리고 그 많은 낱말 중에서 꼭 필요한 것을 찾아 제자리에 알맞게 쓰는 그 능력을 어휘력이라고 합니다. 즉 자신이 사용하려는 낱말의 뜻을 얼마나 정확히 알고 있느냐에 따라 문장의 효과가 달라진다는 것이지요.

사람의 죽음을 이야기할 때 쓰일 수 있는 다음 낱말들을 생각해 보십시오. 그 대상이 누구냐에 따라 혹은 말하는 사람의 의도에 따라 그 낱말들은 달리 선택되게 마련이지요.

죽다. 뻗다. 뒈지다. 가다. 돌아가시다. 사망하다. 작고하다. 승하하다. 붕어하다. 소천하다. 입적하다. 영별하다. 열반하다. 교살(絞殺). 역사(轢死). 비명횡사.

다음 (   ) 속에 들어갈 적절한 어휘를 위에 열거한 낱말 중에서 찾아 넣는 일로 당신의 어휘력을 시험해 보십시오.

할아버지께서 ( ). 동생이 ( ). 아무개 성도께서 어제 ( ). 탄허 스님께서 ( ). 그놈이 드디어 ( ). 그는 부인과 ( )한 뒤……. 자동차에 치어 죽었다는 말의 한자어는 ( ).

우리들의 언행과 관계되는 다음 낱말들이 어떤 경우 어떤 뜻으로 쓰이는가를 알아보는 일도 왜 어휘력을 길러야 하는가를 깨닫는데 도움이 될 것입니다. 다음 낱말들이 들어가 쓰이는 짧은 문장을 만들어 보는 것도 좋을 것 같군요.

강다짐. 갖은소리. 개소리. 건트집. 겉말. 고래기. 군말. 귀띔. 기갈. 꾸중. 꾸지람. 나무람. 내친말. 너스레. 넉살. 넌덕. 늘임새. 다리아랫소리. 당조짐. 덧거리. 도섭. 윗소리. 마구발광. 말허리. 모르쇠. 발림. 볼멘소리. 비바리. 야발. 언구럭. 연사질. 입다짐. 입찬소리. 지청구. 포달. 흰수작.

웃음을 나타내는 말도 그 쓰임새에 따라 여러 가지입니다.

눈웃음. 코웃음. 비웃음. 쓴웃음. 찬웃음. 껄껄웃음. 너털웃음. 억지웃음.

미소. 비소. 조소. 고소. 냉소. 홍소. 실소. 폭소. 파안대소.

웃음소리를 흉내낸 의성어나 웃는 모습을 나타내는 의태어를 그 상황에 맞게 적절히 써먹을 수 있을 때도 글의 전달 효과는 배로 늘어나겠지요.

하하. 허허. 후후. 흐흐. 히히. 해해. 으헤헤. ㅎㅎ. 키들키들. 깔깔. 낄낄.

방긋. 히익. 뱅시레. 상그레. 히죽히죽. 방싯방싯. 싱글벙글. 앙글방글.

들꽃 이름을 얼마나 많이 알고 있는지, 자신이 알고 있는 들꽃 이름을 노트에 적어 보는 일도 자신의 어휘력을 기르는데 도움이 될 것입니다.

봄에 피는 들꽃: 꽃다지. 솜나물. 괭이눈. 각시붓꽃. 양지꽃. 꿩의다리. 봄구슬붕이. 금낭화. 양지꽃. 큰개별꽃. 참꽃마리. 애기나리. 용둥굴레. 은방울꽃. 얼레지. 족도리풀. 처녀치마.

흔히 들국화라고 불리는 가을꽃: 산국. 해국. 쑥부쟁이. 개미취. 구절초.

가을에 피는 들꽃 이름을 봄 풍경 묘사에 사용했다면 그 글을 읽는 독자는 그 한 가지만으로도 글쓴이를 신뢰하지 않게 될 것입니다. 어휘력은 곧 글쓴이의 그 글에 대한 전문성을 의미하게 마련이기 때문이지요.

고독, 외로움, 슬픔 등 너무 케케묵은 낱말은 글의 신선감을 떨어뜨립니다. 상투적이고 진부한 낱말이나 문장은 그 글을 읽는 이들을 식상하게 한다는 것이지요. 그렇다고 잘 쓰지도 않는 생경한 낱말을 찾아 쓰는 것도 글쓰기에서 피해야 할 일입니다. 흔히 쓰는 말이라도 쓸 자리를 잘 찾아 썼을 때 참신한 느낌을 주게 마련입니다. 관념적이고 추상적인 낱말도 되도록 피하는 것이 좋습니다.

어휘력을 기르기 위해서는 남이 쓴 좋은 글을 많이 읽어야 합니다. 책을 읽을 때 처음 보는 낱말이나 그 쓰임이 마음에 드는 구절 등을 메모해 놓으면 그것이 언젠가는 자신의 글 속에 자연스럽게 쓰이고 있음을 알게 될 것입니다.

  국어사전을 자주 찾아보는 일이 어휘력을 기르는 데
최상의 방법입니다. 그 상황에 적절한 속담이나 격언
등을 찾아 쓰는 일도 글의 전달 효과를 높이는 데 더없
이 좋은 방법이 될 것입니다.
  글쓰기의 즐거움도 당신의 어휘력에 의해 얻어진다
는 것을 명심할 일입니다.

제5강 참신하고 탄력 있는 문장을

    문장은 생각이나 느낌의 타래를 질서 있게 표현해 낸 것입니다. 꼭 필요한 말만을 골라 제자리에 놓은 정확한 문장이어야 생각이나 느낌이 곡진하게 전달될 수 있는 법입니다.

    아무리 좋은 생각을 가지고 있어도 그것이 문장으로 표현되지 않고는 글이 될 수 없습니다. 아울러 좋은 문장 쓰기가 좋은 글을 만드는 결정적 단계라는 것을 믿어야 합니다.

    좋은 문장, 정확한 문장을 쓰려고 노력하는 사이에 그 문장 속에 담아낼 생각이나 느낌이 보다 알차게 정리되고 수정 혹은 보완된다는 것도 믿어야 합니다.

    올바른 문장을 쓰려고 노력해야 합니다. 올바른 문장이란 문법에 맞는 문장을 말합니다. 즉 문장을 이루는 성분(주어, 서술어, 목적어 등)들이 제자리에 쓰여 그 구실을 제대로 해낼 수 있을 때 그것을 읽는 사람들은 글쓴이의 생각을 그 속에서 정확히 찾아낼 수 있기 때문입니다. 그렇다고 문법을 정통하게 익힌 사람만이 올바른 문장을 쓸 수 있다는 말은 결코 아닙니다.

뜻이 잘 통하지 않는 애매모호한 문장을 만들지 말아야 합니다. 주어·서술어가 잘 호응되지 않는 문장은 그 뜻이 분명하게 전달되기 어렵습니다. 특히 우리말은 주어의 생략이 많은 것이 특징이지만 그 주어를 아무때나 생략해서는 안 됩니다.

⊙ 단풍으로 불타오르는 가을 산을 바라본다는 것이 그렇게 가슴 벅차다는 것을 처음 알았다. ⊙ 마치 나를 부르고 있는 것 같았다.

⊙의 경우 주어 〈나는〉이 생략되어 있어도 뜻 전달에 지장이 없지만 ⊙의 경우 주어 〈가을 산〉이 생략되어서는 곤란하다는 것을 알아야 합니다.

조사나 어미의 올바른 사용이 필요합니다. 국어는 조사나 어미에 의해 문장의 뜻이나 그 느낌이 많이 달라지기 때문이지요.

사람이(은, 도, 만, 처럼, 까지) 밥을(은, 만, 까지, 도)
먹다(느냐, 어라, 자, 습니다, 으니, 어서, 으면, 고, 을,
을지언정)

〈사람·밥〉에 붙은 조사 이·을 대신 ( ) 속에 쓰인
조사를 썼을 때 그 뜻이 얼마나 달라지는지 확인해 보
십시오. 그리고 〈먹다〉에 어떤 어미를 쓰느냐에 따라서
도 그 쓰임이 달라진다는 것도 확인하게 될 것입니다.

짧되, 뜻이 함축된 탄력 있는 문장을 쓰도록 노력해야
합니다. 즉 되도록 간결한 문장을 쓰란 것입니다. 긴 문
장은 자신이 하려는 이야기를 모호하게 만들거나 산만
하게 할 우려가 크기 때문입니다. 우선은 간결한 문장
(單文)을 쓰는 것이 좋습니다. 그러나 간결한 문장을 간
단한 문장(短文)으로 생각해서는 안 됩니다. 문장을 되
도록 짧게 쓰는 것이 좋다고 해서 생각까지 토막을 내
단순화시켜서는 안 된다는 뜻입니다.

나는 시계를 보았다. 새벽 다섯 시였다. 그때 잠이 깬 것
이다. 바깥은 아직도 캄캄했다. 옷을 찾아 입었다. 양말도
신었다. 세수를 했다. 양치질도 했다. 차표를 확인했다. 며
칠 전 예매해 둔 것이다.

위의 문장은 상황을 필요 이상 토막 낸 것입니다. 이 문장을 보다 탄력있게, 간결한 것으로 고쳐 보겠습니다.

잠이 깬 것은 새벽 다섯 시, 밖은 아직 칠흑의 어둠이었다. 옷부터 챙겨 입고 세수를 했다. 며칠 전 예매해 둔 차표를 확인하는 일도 잊지 않았다.

지나친 미문 의식을 버려야 합니다. 되도록 아름다운 문장을 쓰려고 노력하는 것은 좋지만 그것이 지나치면 오히려 생각과 느낌의 전달에 방해가 되는 경우가 더 많습니다.

그녀가 하는 말은 질박한 그릇 속에 숨어 있는 귀한 약재 같은 신비로움이 잔잔히 배어 있었다.

수식어(형용사어 · 부사어)를 많이 쓰는 문장은 그 속에 담고자 하는 내용이 빈약하거나 그 표현에 자신이 없다는 것을 드러낼 뿐입니다.

그렇게 아름답고 화려한 그 예쁜 신부의 고운 얼굴이 어느 순간에 비애와 크나큰 절망으로 비참하게 일그러졌다.

지나친 미문 의식을 가진 문장은 대체로 긴 문장(복문 형태)으로 나타나기 때문에 문맥이 잘 잡히지 않는 경우도 많습니다.

　사십이 가까워 늦장가를 든 그에게 아들은 태어남으로써 부모에게 안겨 주었던 환희와 대견함보다도 훨씬 더 큰 아픔으로 스물하나, 빛의 그 나이에 그에게서 떨어져 나갔다.

　한 문장 속에 몇 개의 상황을 한꺼번에 집어넣는 것은 문장의 중심 의도가 무엇인지 잘 모르게 만드는 경우도 있습니다.

　그는 왼손으로 책을 접으면서 긴 하품을 하고 그녀의 가는 허리에 눈을 준 채 구두를 찾아 신은 뒤 회사로 가기 위해 집을 나왔다.

　문장을 억지로 만들지 말아야 합니다. 되도록 쉽고 자연스러운 문장을 쓰라는 말입니다. 자연스러우면서도 참신한 느낌의 탄력 있는 문장을 쓰도록 노력할 일입니다.
　좋은 문장은 보다 효과적인 내용 전달의 방법을 생각

하는 과정에 생겨나는 법입니다. 같은 값이면 다홍치마라고, 이왕이면 정확하고 좋은 문장으로 생각과 느낌을 실감나게 전달하는 방법을 생각해 볼 일입니다.

좋은 문장 만들기, 그것이 글쓰기의 큰 즐거움으로 연결되어야 합니다.

제6강 단락을 제대로 나눠 써야

여러 개의 문장이 모여 하나의 이야기, 혹은 몇 개의 다른 이야기를 담고 있는 글이 되는 것이지요. 그 글에서 이야기(화제) 하나하나를 한 묶음으로 따로 갈라놓는 것이 단락이지요. 즉 여러 개의 문장이 길게 연결된 글에서 그 내용의 다름을 가려 일단 끊어 놓은 것을 단락 혹은 문단이라고 합니다.

단락은 왜 나누는 것일까요. 단락의 필요성을 다음 얘기를 통해 확인하십시오. 404호 여자가 505호 여자를 찾아가 한 시간 동안 많은 이야기를 나눴습니다.

① 영희 엄마, 머리 파마가 참 잘 됐다. 〈이 집에선 언제나 퀴퀴한 냄새가 난다.〉 이 집은 커튼이 참 아름답다. 실내 장식도 보통 안목이 아니다.

② 이 집 아이들은 공부를 잘해 참 좋겠다. 〈그런데 둘째 아이는 키가 너무 작더라.〉 남편이 좋은 직장에 다녀 얼마나 좋으냐. 또 시댁이 잘 사니 그쪽 걱정은 안 해도 될 것 아니냐.

③ 201호 집 여자가 어떤 남자와 술집에 있는 것을 누가 봤다더라. 돈과 시간이 많은 것도 문제다. 201호 집 부부 관계가 오래 가지 못할 것 같다.

④ 201호 남자는 여자보다 나이가 열 살이나 더 많단다. 돈은 많지만 머리가 텅 비었다고 한다. 지금 여자와는 두 번째 결혼이라고 한다. 어딘가 전실 자식이 둘이나 있다고 한다.

⑤ 영희 엄마, 나 살고 싶지 않다.(이 말 한마디로 404호 여자는 긴 침묵)

⑥ 나 어젯밤 남편과 싸웠다. 남편 직장도 변변찮은데다 시댁의 경제 사정이 꽤 심각하다. 당장 돈 얼마가 필요하다는데 그런 돈이 어디 있단 말인가. 큰아이 수학여행 갈 돈도 주지 못하고 있는 형편에 시댁 걱정할 마음이 생기겠는가.

⑦ 수학여행비를 내일 당장 내라는데 큰일이다. 아이가 불쌍하다. 남편은 며칠만 있으면 돈이 생긴다는데 그때까지 기다릴 수 없지 않은가.

⑧ 영희 엄마, 돈 좀 꿔 줘라.

⑨ 이 집 커피는 언제 마셔도 맛이 좋다. 이 컵은 또 얼마나 아름다우냐.

⑩ 영희 엄마, 우리 동해 정동진으로 해돋이 보러 가자.

404호 여자가 505호 여자를 찾아온 목적은 ⑧단락에 있습니다. 그러나 ⑧단락까지 가는 동안 ①, ②는 505호 집 칭찬, ③, ④는 201호 집 흉보기, ⑤는 자신의 지금 심정, ⑥, ⑦은 자기가 왜 괴로운가를 얘기한 다음 드디어 이야기의 핵심 ⑧에 이르게 되는 것입니다.

①, ②와 ③, ④는 각기 한데 묶어도 좋은 내용이지만 이야기의 효과를 높이기 위해 일부러 단락을 가른 것입니다. 즉 상대에게 생각할 여유를 주기 위해 조금 쉬어 가는 대목이라고 생각해도 좋을 것입니다. 이렇게 하나의 얘기를 일단 매듭짓고 다른 화제로 옮아가는 것이 바로 단락입니다.

단락은 통일성이 있어야 합니다. 그 통일성은 한 단락 안에서 단 하나의 화제만을 얘기할 때 이루어지게 마련이지요. 즉 한 단락 속에 두 개의 다른 얘기가 들어가서는 안 된다는 것이지요. 위의 경우 ②, ③이 같은 단락으로 묶여서는 안 된다는 뜻입니다.

또한 단락은 일관성이 있어야 합니다. 즉 한 단락 속에 들어 있는 여러 개의 문장은 서로 유기적 연관성을 가지고 짜여져야 한다는 것이지요. ①, ②단락 중 〈 〉 속의 말은 505호 집의 환심을 사려는 의도와 멀기 때문에 생각의 일관성에서 많이 벗어났다는 뜻입니다. 또한 ⑩도 404호 집 처지로는 가당치도 않은 것이라 빼는 것이 좋을 것입니다.

전체를 부분으로 나누기 위해 단락이 필요합니다. 너무 큰 덩어리로 늘어놓은 글은 그 글 속에 담긴 몇 개의 이야기가 서로 뒤죽박죽이 되어 어느 것이 중요한 것인지 금방 알아내기 어렵게 되기 때문입니다.

단락은 때로 아주 작은 단위의 생각들을 한군데 모아 놓기도 합니다. 위의 ①, ②단락 속에 든 여러 개의 문장이 모두 작은 단위의 생각들이지만 따로 갈라놓는 것보다 함께 묶어 놓는 것이 효과적이라는 것입니다.

단락은 또한 중심 내용이 담긴 주요 단락과 이야기의 처음 시작, 연결, 부연 혹은 내용을 강조하기 위한 덧붙임 등의 보조 단락으로 나눌 수도 있습니다. 404호 여자의 얘기 중 ⑦, ⑧이 주요 단락이고 나머지는 모두 보조 단락으로 볼 수 있습니다.

단락과 단락의 접속은 앞뒤가 자연스럽게 이어져야 합니다. 그리고, 그러나, 그러므로, 다시 말하면, 왜냐하면 등의 접속어를 쓰지 않고도 앞 단락과 뒷 단락의 연결이 그 내용상 무리가 없이 연결될 수 있어야 한다는 것이지요.

단락을 자주 가르면 글에 속도가 생겨 잘 읽히는 장점이 있지만 글의 밀도를 떨어뜨려 가볍게 읽힐 우려가 크다는 것을 명심해야 합니다.

한 문장으로 한 단락을 만들 수도 있습니다. 위의 경우 ⑤, ⑧이 각기 한 문장으로 한 단락을 이룬 것인데, 이것은 내용의 강조 역할을 하게 됩니다. 한 문장 한 단락으로 이 글을 끝내도록 하겠습니다.

단락을 제대로 나눠 써야 뜻 전달이 빠른 좋은 글이 될 수 있습니다.

제7강 주제는 되도록 좁게 잡아야
—글쓰기의 절차 ①

아무리 바빠도 바늘 허리에 실 동여매고는 못 쓰는 법입니다. 모든 일은 순리대로 차근차근 해야지 바쁘다고 아무렇게나 해서는 안 된다는 뜻이지요.

글쓰기 또한 마찬가지입니다. 〈무엇〉을 〈어떻게〉 쓸 것인가를 곰곰 생각하는 단계가 필요하다는 것입니다. 즉 모든 글쓰기에는 그것이 의식적이든 아니든 반드시 거쳐야 할 절차가 있다는 뜻입니다.

물론 글쓰는 이에 따라 그 절차를 다소 바꿔 할 수도 있고 또 어떤 것은 아예 거치지 않을 수도 있을 것입니다. 그러나 그 과정을 제대로 밟은 글과 그렇지 않은 글의 차이는 매우 크다는 것을 명심해야 합니다. 글쓰기의 즐거움 또한 그 절차를 제대로 밟아서 차근차근 써 나갈 때 배로 늘어나는 법이지요.

일정한 규범이 있는 것은 아니지만 글은 대체로 다음과 같은 절차를 거쳐 쓰여집니다.

1. 무엇을 쓸 것인가 하는 주제 잡기
2. 그 주제를 살리기 위한 재료 찾아 모으기와 정리
3. 이야기의 얼개 짜기
4. 원고지에 직접 쓰는 단계
5. 쓴 것 다시 읽으며 고쳐 쓰기

먼저 무엇을 쓸 것인가 하는 글의 중심 내용 잡기, 즉 주제 설정에 대해 생각해 보기로 합니다.

주제란 쓰려는 글의 중심 사상이나 정서를 의미하는 것으로, 그 글을 통해 말하고자 하는 글쓰는 이의 어떤 의도라고 생각할 수 있습니다. 가령 이 글은 〈교육 문제〉를 다룬 것이다, 혹은 이 시는 〈사랑〉을 노래한 것이다, 라고 했을 때 〈교육 문제〉나 〈사랑〉이 주제인 것입니다. 그러나 〈교육 문제〉나 〈사랑〉은 글쓰는 이가 말하고자 하는 의도이긴 해도 그것은 어디까지나 글의 소재로서의 주된 재료일 뿐 글쓰는 이의 구체적인 생각의 방향이 잡히지 않은 상태입니다.

이런 막연한 상태의 주제를 가지고 글쓰기가 시작되

어서는 안 됩니다. 즉 너무 크고 추상적인 주제를 가지고 시작한 글은 결코 독자를 사로잡는 좋은 글이 될 수 없다는 얘기입니다.

〈교육 문제〉 혹은 〈사랑〉이라는 막연한 주제로 글쓰기를 시작했을 때 그 글은 너무 포괄적인 것이어서 자기만이 아는 얘기를 펼쳐 보이는 신명도 생기지 않을 뿐더러 그 글을 읽는 이들 역시 그저 그렇고 그런 상투성, 진부함에 시큰둥한 반응을 보일 것이 분명합니다.

〈교육 문제〉나 〈사랑〉에 대한 글쓰는 이의 어떤 가치 판단이나 태도가 구체적으로 잡힌 상태, 즉 참주제 혹은 발전된 주제를 찾아야 합니다. 다시 말해 글쓴이가 드러내고자 하는 구체적인 사상이나 정서가 분명해질 때까지 주제의 범위를 좁히고 그 방향과 색깔을 분명히 하란 것입니다.

교육 문제 중에서도 〈왕따, 어떻게 해결할 것인가〉, 〈가정 교육의 문제〉, 〈학교 체벌에 대해〉, 〈스승의 길〉, 〈대화가 필요하다〉, 〈교권 찾기〉 등 이렇게 구체적인 참주제를 설정할 때 그 글을 쓰는 이 나름의 인생관·세계관이 참신하게 드러날 수 있다는 것이지요.

사랑이란 막연한 주제도 〈어머니의 자식 사랑〉, 〈사

랑과 우정의 차이〉, 〈사랑의 아픔〉, 〈사랑에 나타난 남녀 간의 이기심〉, 〈이웃 사랑〉, 〈두 번째 사랑〉 등으로 범위를 좁히고 구체화할 때 글쓰기의 즐거움이 생기는 법입니다.

다시 한 번 강조하거니와, 주제는 **되도록 좁아야** 합니다. 〈계절〉이란 주제로 글을 쓴다고 해 보십시오. 도대체 무슨 얘기부터 시작할지 막연해 글쓸 엄두가 나지 않거나 쓴다고 해도 누구나 다 알고 있는 얘기를 장황하게 열거하게 될 것이 분명합니다. 좀 범위를 좁힌 〈봄〉 역시 막연한 주제입니다. 〈춘천의 봄〉이나 〈봄과 아내의 옷〉 정도로 주제를 좁힐 수 있을 때라야 정말 자기만이 아는 얘기를 신명나게 펼칠 수 있을 것입니다.

주제는 글쓰는 이가 평소 관심을 가지고 있는 것, 즉 그 문제에 대해 누구보다 잘 알고 있는 것에서 찾아야 합니다. 자신이 잘 알지도 못할 뿐더러 그 문제에 대해 이렇다 할 철학도 없는 상태에서 설정된 주제는 결코 읽는 이들을 감동시킬 수 없다는 것을 명심해야 합니다. 〈사랑의 상처〉를 시로 쓰기 위해서는 그 상처의 아픔이 그만큼 절실한 것이어야 하고, 〈성희롱〉을 주제로 했을 때는 그 문제에 대한 자기 나름의 어떤 가치 판단이 확고했을 때 좋은 글이 될 수 있다는 것이지요.

주제는 독자들을 긴장시킬 수 있는 것, 즉 흥미를 일으킬 수 있는 것 중에서 고르는 것이 좋습니다. 글쓴이가 설정한 주제가 독자의 관심이나 흥미를 끌지 못한다면 그것은 이미 죽은 주제나 마찬가지이기 때문입니다. 〈첫사랑〉의 진부함보다는 〈두 번째 사랑〉이, 〈나의 성공담〉보다는 〈나의 실패담〉이 독자에게는 한결 흥미로운 주제가 될 것입니다.

〈학문〉, 〈우정〉, 〈자연〉, 〈애국심〉, 〈전화〉, 〈아름다움〉 등의 막연한 주제를 글쓰는 이의 의도가 구체적으로 담길 수 있는 **참주제**로 좁혀 보십시오.

제8강 쓰려는 〈무엇〉에 맞는 주제문 만들기
—글쓰기의 절차 ②

무엇을 쓸 것인가를 놓고 고민한 끝에 얻어진 참주제를 두고 서술된 하나의 명제를 주제문이라고 합니다. 즉 참주제를 좀 더 구체화한 작업이 바로 주제문 만들기라고 할 수 있습니다.

다음은 막연한 주제 〈학문〉을 〈학문의 본질과 목적〉이란 참주제로 좁힌 다음 그것에 맞는 주제문으로 만든 문장입니다.

학문의 본질은 합리성과 실증성에 있고, 학문의 목적은 진리 탐구에 있다.

글쓰는 이의 판단이나 주장이 이렇게 한 문장의 주제문으로 만들어졌을 때 그 글은 비로소 옆길로 빠지는 일이 없이 하나의 일관된 흐름을 이룰 수 있을 것입니다.

막연한 주제	참주제	주제문
〈우정〉 →	〈이성 간의 우정〉→	이성 간의 우정은 소유욕을 떠난 상태에서의, 상대의 인격을 존중할 수 있을 때 가능하다.
〈자연〉 →	〈자연과 나〉 →	사람과의 만남과 달리 자연과의 만남은 내게 항상 덧셈이었다.
〈전화〉 →	〈핸드폰 유감〉 →	생활의 편리로 사용하는 핸드폰이 우리에게서 더 많은 것을 앗아 가고 있다.
〈인생관〉→	〈아름다움에 대하여〉→	작은 것들을 귀하게 생각하는 이의 삶이 정말 아름답다는 것을 알았다.

좋은 주제문을 위해서는 다음 사항들이 고려되어야 할 것입니다.

첫째, 하나의 완전한 문장으로 진술되어야 합니다. 즉 주술 관계가 분명히 성립되는 문장으로 만들어져야 한다는 것이지요. 그러나 의문문은 주제문이 될 수 없습니다.

둘째, 표현이 정확하고 구체적이어야 합니다.

셋째, 그 초점이 주제에서 벗어나서는 안 됩니다.

넷째, 글쓴이의 의견이나 태도가 분명히 드러나야 합니다. 글쓴이의 철학이 그 주제문에 압축되어 있어야 한다는 뜻이지요.

다섯째, 누구나 다 알고 있는 뻔한 이치나 의견이어서는 안 됩니다. 자기 나름의 철학, 그 독창성이 드러나야 한다는 것이지요.

여섯째, 감정에 의해서가 아니라 근거에 의해 증명될 수 있는 것이어야 합니다.

주제문은 글 전체의 통일성을 유지하기 위해 반드시 필요한 것입니다. 물론 글을 써 나가는 과정에 그 주제문이 만들어질 수도 있고 이미 만들어진 주제문이 도중에 다른 방향으로 바뀔 수도 있습니다.

그러나 주제문이 정해지지 않은 상태에서 시작된 글쓰기는 글쓰기의 즐거움으로 연결되기 어렵습니다. 자신이 지금 무엇을 얘기하려고 하는지, 그 생각의 흐름은 제대로 돼 가는지 갈피를 잡을 수 없기 때문에 글쓰기의 신명이 따를 수 없다는 것이지요.

특히 논설, 논문, 설명, 보고 등의 글에서는 주제문이 먼저 만들어지지 않고는 조리 있는 글이 만들어질 수 없습니다.

그러나 시나 소설의 경우는 그 주제문이 좀 더 감추어진 상태, 상징적이고도 함축적인 명제로 나타나기 때문에 그만큼 독자의 몫이 커지게 마련입니다. 즉 그 글을 읽는 사람들의 마음속에 하나의 주제문이 완성될 수 있다는 것입니다.

글 전체를 이끌어 가는 큰 주제문이 있듯 그 글을 이루는 여러 개의 단락 하나하나에도 거기에 맞는 작은 주제문이 있습니다. 그 작은 주제문들을 통합하고 이끌어 갈 수 있는 큰 주제문이 찾아진 다음에 글쓰기를 시작해야 합니다.

다음과 같은 일상의 생활 체험 ㉠~㉣을 한 편의 글로 써 보려고 합니다. 그 주제와 주제문을 만들어 보십시오.

㉠ 아파트 벽지를 바르며 그 벽 저쪽의 사람들을 생각한다.

㉡ 며칠 전 503호 여자가 우울증으로 자살했다.

㉢ 지난달에는 인사도 나누지 않았던 옆통로 404호 여

자가 자기 집에 잘못 전해진 우편물을 가지고 찾아왔다.

㉣ 오늘 저녁은 집수리를 한 기념으로 팥죽을 쑤어 먹을 생각이다.

다음의 사항들을 주제 설정의 방법에 따라 〈참주제〉를 잡고 거기에 맞는 〈주제문〉을 만들어 보십시오.

㉠ 남편은 자기 표현에 서툴다. 그러나 자기 어머니의 음식 솜씨 칭찬만은 알아줘야 한다.

㉡ 텔레비전을 왜 바보상자라고 할까?

㉢ 목욕탕에서 있었던 일.

㉣ 빨래를 널며.

㉤ 정보의 시대, 인터넷에 대해 생각한다.

㉥ 나도 늙겠지만, 나는 노인들이 싫다.

제9강 글 자료 모으기와 메모하기

무엇을 쓸 것인가 하는 주제가 정해졌으면 이제 그 내용을 제대로 펼쳐 나가기 위한 구체적인 자료 찾기에 들어가야 합니다. 주제에 알맞은 자료를 찾아 모으는 일은 독자로부터 신뢰를 얻기 위해서입니다. 이 글을 쓴 사람은 이 문제에 대해 이만큼 알고 있으니 이 글의 내용을 믿어도 좋겠다는 생각이 우러나게 하자는 것이지요.

「이성 간의 우정」에 대해 쓰려면 사랑과 우정의 차이는 무엇이고, 참된 우정은 어떤 것인지 독자들보다 많이 알고 있어야 합니다. 그리고 이성 간의 사랑이 가능하다고 생각하는 사람의 의견과 그것이 가능하지 않다고 생각하는 사람의 의견, 그러한 생각들을 뒷받침할 수 있는 통계나 실제의 예를 찾아보는 일이 바로 글 자료 찾아 모으기일 것입니다.

이 세상의 널려 있는 많은 소재 중에서 어떠한 것이
자신이 쓰려는 글 내용에 맞는 것인지 가려내는 일이
무엇보다 중요합니다. 쓰려는 내용에 꼭 필요한 것만
골라내야 좋은 글을 쓸 수 있습니다. 글 자료가 너무 빈
약해도 좋은 글이 될 수 없지만 너무 넘치게 많아도 글
쓰기에 장애 요인이 될 수 있습니다.

아직 누구도 찾아내지 못한 글 자료가 찾아지면 글쓰
는 신명이 저절로 나게 돼 있습니다. 그 신명이 독자를
사로잡는 글의 묘미로 나타나기 때문이지요.

글을 쓰는 사람은 그 글을 읽는 사람보다 더 많이, 그
리고 정확히, 제대로 알고 난 다음에 글쓰기를 시작해
야 합니다. 자신이 쓰려는 내용의 전문가가 된 다음에
글을 써야 한다는 것이지요.

자신이 직접 겪은 일을 쓴 글이 독자에게 큰 감동을
주는 것도, 직접 체험의 그 강한 설득력이 독자를 사로
잡기 때문일 것입니다.

봄날 경치를 묘사하는 수필 한 편에도 전문가다운 자
료 모으기가 필요합니다. 봄에 피는 들꽃 이름 하나라
도 제대로 쓰기 위해서 식물도감이나 그 방면의 전문가

한테 자문을 구한 뒤에 쓰라는 말입니다. 〈이름 모를 들꽃〉이란 표현 대신 그 이름 모를 들꽃 이름 하나를 알기 위한 노력이 글쓰기의 즐거움이요, 독자들로부터 신뢰를 얻어 내는 길이라는 것을 잊어서는 안 됩니다.

쓰려는 내용과 관련된 신문 기사나 서적 등을 찾아보는 과정에 그 방면의 전문가와 다름없는 식견을 가지게 되겠지요. 실제로 글 자료를 찾아 모으다 보면 자신이 처음 준비했던 것보다 한결 나은 생각들을 얻어 낼 수 있습니다.

또한 글 자료를 열심히 찾아 모으다 보면 자신이 쓸 이야기가 어느새 서서히 그 윤곽과 방향이 잡혀 가는 것을 느낄 수 있을 것입니다. 즉 생각하고 판단할 시간이 글 자료 모으는 과정을 통해 마련되었기 때문이지요.

작가들은 자신이 집필 중인 소설의 단 한 줄을 위해서 몇 백 쪽짜리 전문서적을 읽습니다. 바로 그렇게 얻은 그 한 줄이 독자를 압도하여 그 글 속에 빠져들게 하는 힘이 된다는 것을 알고 있기 때문이지요.

작가 유재용은 그의 중편 「달빛과 폐허」를 쓰기 위해 〈철원군지〉와 〈한국고고학개론〉, 그리고 신영훈의 〈한국의 살림집〉이란 전문서적을 서점에서 구입해 읽었다고 합니다. 〈군지〉는 작품의 배경이 되는 민통선 안쪽 철원땅을 실감나게 그리기 위해서였고, 〈한국고고학개론〉은 사적 탐사반에 끼어 민통선 북방에 들어가는 작중 인물에게 철원지방의 선사시대 역사 지식을 불어넣어 주기 위해서였지요. 〈한국의 살림집〉은 작중 화자의 증조부가 옛날 유명한 대목을 들여 집을 짓던 장면을 재현하기 위해서도 한국 전통가옥의 발전사와 그 구조 등을 알아야 했을 것입니다.

정확하고 좋은 정보가 있어야 좋은 글을 쓸 수 있습니다. 자신이 쓰려는 글 내용에 대해 미리 주위 사람들의 의견을 들어보는 일도 필요합니다. 사람들과 어떤 문제를 놓고 이런저런 얘기를 나누다 보면 뜻밖에 좋은 소재, 좋은 생각을 얻을 수 있기 때문이지요.

소재는 되도록 최신의 정보를 담은 것일수록 좋을 것입니다. 이미 지나간 세대에서 알고 있던 자료들을 찾아 늘어놓아 봤자 독자들의 관심을 끌기가 어렵기 때문이지요.

속담이나 유명한 사람의 말을 찾아 인용하는 것도 자료 모으는 일에서 할 일입니다. 평소 남들이 쓰는 말들 중 그 표현이 재미있거나 좀 독특한 맛이 있는 것은 메모해 두었다가 사용하면 글쓰는 신명이 바로 늘어납니다.

　메모하는 습관. 그렇습니다. 글을 쓰려는 분들은 평소에 글 소재가 될 만한 것을 작은 노트나 수첩에 메모해 두는 습관을 가져야 합니다. 일기를 쓰는 분들은 글 소재가 될 만한 것은 일기장 한 곳에 따로 적어 놓는 것이 좋습니다. 신문 스크랩을 열심히 하는 일도 글쓰기에 큰 도움이 될 것입니다.

　다음과 같은 내용의 글을 쓰려고 할 때 찾아야 할 글 자료는 어떤 것이 있을까요. 자료가 될 만한 것들을 찾아 자신의 노트에 메모해 보십시오.

〈SNS(소셜 네트워크 서비스)의 허와 실〉
〈이름에 대하여〉
〈내가 좋아하는 나무〉
〈실종 이야기〉
〈선비 정신이란 어떤 것일까〉

제10강 글의 얼개 짜기, 구상이 튼실해야

주제를 살리기 위한 재료가 모아졌으면 이제 그것들을 어떻게 벌여 놓아야 좋은 글이 될 것인가를 고민하는 시간이 필요합니다.

글쓰기에는 반드시 구상 단계가 필요하다는 것입니다. (구상(構想)보다 구성(構成)이란 말을 써도 좋으나 여기서는 편의상 구상을 쓰기로 합니다.) 자기가 쓰려는 글의 의도를 산만하게 흩트리지 않기 위해 글을 논리적으로 조직하고 배열하는 과정이 구상이지요.

글의 얼개 짜기, 즉 구상은 집을 지을 때 설계도가 필요하듯 쓰려는 글 내용을 다잡아 하나의 줄거리를 만드는, 글쓸 내용의 설계도라고 할 수 있습니다.

글의 처음 시작은 어떻게 하고 중간에는 어떤 얘기들을 끼어 넣을 것인가, 그리고 그 끝맺음을 어떻게 할 것인가를 머릿속에 그려 보기, 즉 글의 줄거리를 먼저 튼실하게 짜 놓아야 글쓰기의 즐거움이 생기는 법입니다.

글의 흐름이 옆길로 빠지지 않게 하기 위한 단락 잡기도 구상 단계에서 해야 합니다. 글의 처음과 끝이 일관성 있게 서술되도록 앞뒤를 잘 맞춰 이야기의 진행 방향을 잡아야 한다는 것이지요.

구상의 기본 원칙을 한 번쯤 짚고 넘어가는 것이 좋을 것 같군요.

글의 중심이 어디에 있는가 하는 것을 분명히 해야 합니다.

꼭 필요한 것만 취해 적절히 씀으로써 글이 지리하지 않게 하는 일도 중요합니다.

처음 쓰고자 했던 글이 중도에 바뀌는 일이 없도록 일관성을 갖게 해야 합니다.

구상에서 글을 펼쳐 나가는 방법으로는 시간의 흐름에 따라 이야기를 펼쳐 나가기, 혹은 어떤 장소를 중심으로 이야기를 펼쳐 나가기, 이렇게 두 가지 종류로 나눌 수 있습니다.

이야기의 진행을 시간의 흐름, 그 순서에 따라 펼쳐 나가는 방법은 가장 기본적인 구상이 될 것입니다. 아침 몇 시에 있었던 일로부터 시작해 점심때는 누구를 만났고 저녁때는 어떤 일이 있었는지를 시간의 흐름에 따라 그 줄거리를 만들어 가는 방법이지요.

시간적 순서에 따른 구상은 장기간의 직접 체험이나 기억을 되살려 내는 글에 매우 적절합니다. 일기, 역사의 기술, 기행문이나 체험기, 회고록 등이 대개 이 방법을 쓰게 되는 것이지요.

이 구상법을 효과적으로 사용하기 위해서는 과거와 현재를 적절히 가로 세로로 엇걸리게 써 나가는 것이 좋습니다. 이렇게 하면 읽는 이에게 한결 긴장감을 주게 되기 때문이지요. 어떤 시간은 되도록 짧게 그리고 또 어떤 시간의 내용은 길게 확대해 그려 나가는 등 시간 배분의 비율을 잘 살리는 것도 중요합니다.

제2부

어떤 표현 형식의 글을 선택할 것인가

제11강 아우트라인(개요)을 작성하라

구성의 마지막 단계가 바로 아우트라인 작성입니다. 머릿속에 짜여진 대충의 얼개를 도식화하여 정리해 놓은 것이 아우트라인이지요. 즉 쓰려는 이야기를 이렇게 전개해 나아가겠다는 계획을 간략하게 메모하는 것이지요.

아우트라인을 작성하는 습관만 잘 길러 놓는다면 정말 좋은 글을 쓸 수 있습니다. 메모된 그대로 글이 쓰여지는 것은 아니지만 글의 얼개를 대충이나마 메모한다는 것은 자신의 생각을 보다 조직화하고 체계적으로 정리하는 데에 도움을 줄 뿐 아니라 그 글을 읽는 이들로 하여금 글의 중심 내용과 그 구조를 파악하는 데 큰 역할을 하게 되기 때문이지요.

책의 목차가 곧 아우트라인이라고 생각할 수 있습니

다. 이것은 책이 다 만들어지고 목차가 만들어진 것이 아니라, 책의 목차가 먼저 작성되고 그것에 의해 책이 만들어졌다는 것을 의미합니다.

정말 중요한 일은 아우트라인 작성이 자신의 글쓰기에 도움이 된다는 믿음을 가지고 그것을 습관화하는 일입니다. 그렇게 하는 것이 곧 글쓰기의 성실성이 되겠지요.

그러면 아우트라인 작성은 어떻게 하는 것일까요. 분명한 일은 아우트라인 작성에 모범 답안이 없다는 것입니다. 자기 나름의 간편한 방법을 습관화하라는 것이지요. 내용이 복잡하고 좀 긴 글은 그것 나름대로 그 개요 작성이 복잡할 것이며, 원고지 10장 정도의 짧은 글은 또 거기에 맞는 간단한 아우트라인을 작성하면 되겠지요.

아우트라인 작성은 그 글에 필요한 큰 단락 만들기라고 생각해도 좋을 것입니다. 즉 쓰려는 내용을 그 항목별로 나누어 놓고 시작하라는 것이지요.

그 항목 잡기는 글 내용의 무겁고 가벼움, 혹은 그 주종 관계에 따라 부호나 숫자를 첫머리에 붙이는 방법이 가장 이상적일 것입니다. 부호나 숫자에 의한 항목 잡기는 다음처럼 하면 됩니다.

Ⅰ. 서론

  1 .……

   (1)……

    ①……

    ②……

Ⅱ. 본론

  1 .……

   (1)……

   ……

Ⅲ. 결론

위의 아우트라인 작성은 논문의 경우인데, Ⅰ Ⅱ Ⅲ 등을 대항목, 1을 중항목, (1)(2) 등을 소항목, ①②③ 등을 세목이라고 합니다. 그러나 대부분의 글은 이런 복잡한 도식을 필요로 하지 않습니다.

〈담배〉란 제목의 글을 쓰려고 할 때 할 수 있는 아우트라인 작성은 다음처럼 간결히 할 수도 있습니다.

1. 담배로 인한 애들 아빠와의 엊저녁 말다툼

2. 왜 담배를 피워야 하나(애들 아빠의 주장 · 나의 담배 유해론)

3. 가족 모두를 위한 애들 아빠의 각성을 촉구하는 내용

4. 금연 선언을 어떻게 유도할 것인가 하는 지혜 모으기

5. 애연가를 애처가로 만들기 위한 전략 및 반성

〈어떤 목적을 위해서 그 과정을 개처럼 사는 것보다 그 과정 자체를 소중히 하는 것이 성공적인 삶이다.〉

이런 주제문으로 글을 쓰려고 할 때는 대강 다음과 같은 아우트라인이 작성될 수 있을 것입니다.

1. 왜 사는가

(1) 삶의 목표

(2) 사람의 욕망은 깨어진 독에 물붓기(고상한 욕망과 저급한 욕망에 대해)

(3) 목적을 위해 남의 몫을 짓밟고 사는 사람들의 예

2. 어떻게 살 것인가(이웃의 가난한 시인의 생활을 예로 들자)

(1) 오늘 이 시간이 중요하다. 이 시간은 결코 다시 오지 않는다.

(2) 부딪치는 모든 일에 의미를 부여하자.

(3) 네 계절 자연을 느끼며 사는 행복감

⑷ 무엇을 위해 사는 것보다 어떻게 살 것인가를 먼저 생각하자.

다시 한 번 강조하지만, 아우트라인 작성에 모범 답안이 없습니다. 집필에 들어가기 전 그냥 낙서하듯 끼적인 것, 이것만은 잊지 않고 써야 하겠다는 메모한 것이 아우트라인 작성이라고 생각하면 됩니다. 그것은 글을 쓰는 사람에게는 자기 암시적이어서 그 글을 시작해 다 쓰기까지 꺼지지 않는 불빛으로 당신의 글쓰기에 신명을 가져다 줄 등대 같은 것입니다.

제12강 어떤 표현 형식의 글을 선택할 것인가

　자신이 지금 쓰고 있는 글이 시인지 소설인지, 아니면 수필인지, 수필 중에서도 어떤 종류의 글인지를 잘 알지 못하고 글을 쓰는 분들이 많습니다. 그런 분들은 글쓰기의 진정한 즐거움을 찾지 못한 채 글을 쓰고 있다고 해도 틀리지 않을 것입니다.

　자신이 쓰려는 글이 어떤 표현 형식에 해당하는가를 알고 글을 써야 합니다. 즉 어떤 양식의 문장으로 써야 할 것인가를 정한 뒤에 글쓰기를 시작하라는 것이지요.

　어떤 문장으로 적어 내야 할 것인가 하는, 글의 표현 형식은 글을 쓰는 동기 혹은 그 의도에 의해 결정되는 법입니다.

　「어머니의 사랑」에 대해 글을 쓰려고 할 때 그 글을 쓰게 된 동기나 의도에 따라 다음과 같이 네 가지 표현 형식을 필요로 하게 될 것입니다.

(가) 어머니가 시골에서 보내 주신 늙은 호박 하나를 통해 새삼 어머니의 자식 사랑을 생각하며 그동안 딸자식 된 도리를 잊고 산 자신에 대한 반성적인 글을 쓰자. (나) 어느 여성지에 실린, 오 남매를 훌륭하게 키워 낸 장한 어머니에 대한 글을 읽고 우리 어머니의 파란만장한 일대기를 써 보고 싶어졌다. (다) 현대사회 속에서의 모권에 대해 생각하다가 문득 가족주의 혹은 가족이기주의란 말에 대해 알고 싶어졌다. (라) 맹목적인 모성애는 자식의 성장 발전에 오히려 장애가 될 수 있다는 평소의 생각을 글로 써 보고 싶다.

(가)의 경우, 글쓰는 이의 심정이나 그 경험이 되도록 생생하고 감동 있게 전해져야 하기 때문에 내용이 보다 구체적으로 묘사되게 마련이며 그 내용도 감상적이 될 수밖에 없겠지요.

(나)의 경우는 어머니의 일생을 시간적 순서에 따라 서술하게 될 것이며 그에 따라 그 이야기 속에 나오는 인물들의 성격이나 생각이 보다 인상적으로 그려짐으로써 읽는 이들을 재미와 감동으로 이끌어 갈 것입니다.

(다)의 경우는 국어사전이나 백과사전을 뒤져 자신이 알고 싶은 것을 찾아내 그 설명을 적어 내는, 어떤 사물에 대한 이해를 돕기 위한 설명적인 글이 되겠지요.

(라) 이 경우는 글쓰는 이가 자신의 주장을 내세워 그 글을 읽는 사람의 생각에 어떤 변화를 일으키고자 하는 의도가 담기게 마련이겠지요.

여기서 (가)의 글은 보통 자기 신변에 관한 얘기를 적은 수필이 될 것이고 (나)는 수기 혹은 소설 형식의 글, (다)는 설명적인 글, (라)는 논증적인 글이 될 것입니다.

글을 쓰는 의도에 따른 또 다른 구분은 그 글이 예술적 의도의 글인가 아니면 과학적 의도의 글인가 하는 것입니다.

대체로 (가), (나)는 예술적 의도의 글로써 글쓰는 이의 주관이 많이 드러나게 마련입니다. 식구들이 다 나간 뒤의 조용한 집안 분위기나 바깥 풍경 묘사, 여고 시절 친구와 가졌던 달콤한 추억담, 난을 키우는 보람 등 비교적 구체적이면 개별적인 체험이 담긴 내용이 감각적 용어로 읽는 이의 정서에 호소하는 글들이 예술적 의도의 글이라고 할 수 있습니다. 문학작품 내지 그와 비슷한 종류의 글이 예술적 의도에서 선택된 글쓰기라고 할 수 있습니다. 이런 글은 주로 암시적이며 상징성을 띄는가 하면 그 서술도 미적 표현에 역점을 두게 마련이지요.

이와는 달리 (다), (라)는 과학적 의도의 글로 사물을 객관적으로 바라보기 때문에 대체로 글이 논리적이며 객관성을 얻고자 노력하게 되는 법이지요. 구체적이기보다는 추상적, 관념적인 서술이기 쉽고 그 글에 쓰이는 낱말도 딱딱한 전문용어이거나 그 뜻의 보편성을 전하는 그런 낱말들을 쓰게 될 것입니다.

〈사랑은 분홍 빛깔의 미소다〉는 주관적이고 암시적이지만 〈사랑은 아끼고 위하며 한없이 베푸는 일, 또는 그 마음〉 혹은 〈사랑은 이기적이 될 때 상대를 해치는 무기가 될 수도 있다〉는 등의 글은 되도록 객관성을 띄려고 노력하며 읽은 사람들에게 어떤 사실을 이해시키고 자신의 주장을 펴려는 의도가 담기게 마련이지요.

〈고향〉, 〈이웃〉, 〈가족〉, 〈독서〉, 〈남녀평등〉, 〈여름철 가전제품 보관법〉, 〈혼숫감〉, 〈안개지역〉, 〈서울의 봄〉, 〈얼굴〉, 〈청소년 비행〉, 〈술과 담배〉, 〈추억〉 등의 글감을 가지고 먼저 예술적 의도의 글을 쓰기 위한 표현 형식을 찾아본 다음 다시 과학적 의도의 글을 쓰기 위한 표현 양식을 선택해 보면 글쓰기의 좋은 공부가 되리라 믿습니다.

　다시 한 번 강조하지만 그 글감과 그 의도에 맞는 표현 형식을 찾는 일이 글쓰기에서 매우 중요하다는 것을 명심해야 합니다. 그냥 가벼이 우스갯소리를 섞어 써도 좋을 얘기를 공연히 딱딱한 말로 어렵게, 별로 중요하지도 않은 주장을 장황하게 벌이게 되면 글의 효과가 반감될 것이 당연하기 때문이지요. 그와는 달리 논리적으로 명료하게 자기주장을 펴야 할 글에서 너무 섬세하게 미사여구를 늘어놓아 꾸민 글은 글쓰는 이의 판단이나 주장을 흐리게 함으로써 결코 좋은 글이 될 수 없을 것입니다.

제13강 무엇에 대해 설명하고 해명하는 양식의 글쓰기

우리는 글을 쓰는 동기 혹은 그 의도에 따라 글의 형태(표현 형식)가 달라진다는 것을 알았습니다. 그 형태는 설명적인 글과 논증적인 글, 묘사적인 글과 서사적인 글, 이렇게 네 가지로 나눌 수 있습니다.

그러나 이 네 가지 표현 양식이 글쓰기의 실제에 있어서 뚜렷하게 구별되어 나타나기란 어렵습니다. 다만 어느 쪽이 더 우세하게 나타나느냐에 따라 그 글의 성격이 결정되는 법이지요.

오늘은 설명적인 글쓰기에 대해 설명하겠습니다. 설명적인 글은 어디까지나 문제를 알기 쉽게 설명함으로써 독자들의 이해력에 작용하게 됩니다. 설명은 어떤 물음에 대한 답변 형식이지요.

그것은 무엇인가, 그것은 무엇을 하고 있는가, 그것은 어떻게 이루어졌는가, 그것의 원인은 무엇인가, 그것의 기능은 무엇인가 등등의 물음에 대한 글쓰는 이로서의 친절과 정확성을 필요로 하는 글이 설명적인 글입니다.

설명적인 글에는 글쓰는 이의 생각이 되도록 객관적으로 드러나야 합니다. 자기 주관이 너무 많이 들어가거나 주장이 나타나게 되면 객관성을 잃게 되기 때문이지요. 이런 글에는 감성적이고 감각적인 어휘보다는 보편적이고 개념적인 어휘를 쓰는 것이 좋습니다.

〈담배〉를 설명적인 글로 써 보겠습니다.

담배는 가지과의 일년초. 남미 원산의 재배식물로 줄기 높이는 1.5~2m로 길둥근 잎은 길이 50cm, 폭 25cm가량으로 매우 크며 끝이 뾰족하고 어긋맞게 난다. 여름에 담홍색 꽃이 원줄기 끝에 핀다. 잎은 '담배'의 재료이며, 잎 속에 들어 있는 니코틴 성분은 농업용 살충제로 쓰인다.

담배는 담뱃잎은 말려서 가공한 기호품으로 살담배, 잎담배, 궐련 따위로 나뉜다. 궐련은 얇은 종이로 가늘게 말아 놓은 담배로 그 크기는 학교 교실에서 쓰는 분필보다는 약간 작고 그 빛깔은 대체로 흰빛이다.

다음은 소설에 대해 설명적인 글을 간략히 써 보기로 합니다.

　소설은 작가가 경험하거나 구상한 사건 속에 진리와 인생의 미를 형상화하여 보여 줌으로써 독자를 감동시키는 창조적 문학의 한 형태이다. 소설의 종류로는 그 길이에 따라 장편소설, 중편소설, 단편소설, 꽁트 등으로 나눌 수 있다.

　소설은 시와 마찬가지로 언어에 의해 표현되고 그것이 작가의 상상력에 의해 얻어진다는 점에서도 시와 다를 것이 없다. 다만 시가 음악적인 요소와 함축된 시어에 의한 상징성을 생명으로 한다면 소설은 서사 구조를 통한 인간 탐구라는 면에서 시와 구별된다고 할 수 있다.

　다음 글은 피가 몸의 각 기관을 통과하는 과정과 그 작용을 설명하고 있습니다.

　몸의 모든 부분으로부터 모여든 피는 허파의 오른쪽 염통방에 이르고, 정맥 피는 밸브로 하여 오른쪽 염통집에 들어간다. 오른쪽 염통집을 나온 피는 허파 동맥들로 허파에 퍼올려서 산화된다. 산화되어 깨끗해진 피는 다시 왼쪽 염통방으로 돌아와서 밸브를 통해 왼쪽 염통집으로 내려간다. 그리고 큰 동맥을 통하여 몸 전체로 퍼져 나간다.

설명은 어떤 질문에 대한 간단히 대답하는 지정의 경우도 있고, 한 낱말이 지닌 정확한 의미나 그 용법에 초점을 맞추는 정의도 있습니다. 무엇이 무엇과 비슷하고 무엇이 다른가를 알기 위해 비교하고 대조하는 방법을 통해서도 설명이 이루어집니다. 또는 복잡한 것을 간단명료하게 하기 위해 설명하고자 하는 것을 **분류하고 구분하는 방법**도 있습니다. 또 어떤 경우는 '예를 들면~' 하면서 예시를 통해 설명하는 경우도 있지요. 설명하려는 대상을 구체적으로 분석하는 경우도 있고 묘사를 통해 더 리얼하게 설명할 수도 있습니다.

이들 설명의 방법 중 우리가 꼭 알아야 할 것이 정의입니다. 사물에 대한 정의를 제대로 하지 못하기 때문에 그 뜻이 얼버무려지는 경우가 많기 때문이지요. 정의는 어떤 개념의 내용이나 용어의 뜻을 다른 것과 구별할 수 있도록 명확히 한정하는 일입니다. 따라서 정의의 과정은 설명하려는 그 대상에 대한 지식이 뒷받침되어야 합니다.

〈인간〉, 〈노예〉, 〈사랑〉, 〈결혼식〉, 〈만년필〉 등의 어휘를 정의를 통해 설명해 보십시오.

인간은 이성적 동물이다. 인간은 불과 손을 쓸 줄 아는 동물이다.

노예는 지난날, 소유주의 재산이 되어 매여 지내고, 또 매매의 대상이 되었던 사람이다.

사랑은 아끼고 위하며 한없이 베푸는 일, 또는 그 마음이다.

결혼식은 남녀가 부부 관계를 맺는 서약을 하는 의식이다.

만년필은 글씨를 쓸 때 펜대 속에 들어 있는 잉크가 저절로 알맞게 흘러나오도록 만든 휴대용 필기도구의 하나이다.

설명적인 글쓰기에 대한 설명이 제대로 되지 못한 것 같아 매우 안타깝습니다.

제14강 증거를 들어 증명하는 논증 양식의 글쓰기

논증 양식의 글쓰기가 어떤 것인가를 정확히 알기 위해서는 우선 〈논증〉이란 말부터 알 필요가 있습니다. 앞서 다룬, 설명하는 방법의 하나인 정의로 논증을 설명해 보겠습니다.

논증: 아직 분명하지 않은 사실이이나 원칙을 놓고, 그 진실의 여부를 증명하는 동시에 시인하여 믿게 하고, 그것대로 행동하기를 요구하는 기술 양식.

이처럼 논증 양식의 글은 자기주장을 내세워, 그 글을 읽는 사람에게 자기 생각을 이해시키고 설득해 자기 생각대로 따르게 하기 위해 쓰여진 것입니다.

논증은 갈등을 전제로 합니다. 이 말은 논증 양식의

글이 어떤 문제에 대해 서로 다른 생각을 가졌거나 아직 확실하게 마음을 다져 먹지 못한 사람들을 상대로 쓰여진다는 뜻으로 해석해도 좋을 것입니다. 즉 반대의 생각이 있을 수 없는 문제, 이것이 옳은 것인지 저것이 옳은 것인지 하는 판단이 필요없는 그런 문제는 논증거리가 안 된다는 얘기이기도 합니다.

그 글을 읽는 사람으로 하여금 이쪽 생각을 믿도록 하는데 논증의 목적이 있는 만큼, 논증 양식의 글은 자신이 주장하려는 내용이 분명하고 정당해야 합니다. 자기 자신도 자신이 없는 문제를 자기주장으로 내세울 수는 없기 때문이지요.

논증 양식의 글쓰기에는 그 어떤 글보다 글쓰는 사람의 신념이나 판단이 분명해야 하고 그에 따른 지식이나 식견이 필요합니다.

어느 것이 옳은가. 어느 것이 더 가치가 있는가. 우리는 이렇게 하지 않으면 안 된다. 그렇게 해서는 안 된다. 등.

이러한 문제들에 대한 자기 나름의 견해와 주장이 옳다는 것을 증거를 통해 보여 주어야 하기 때문에 지적인 이해가 그 어떤 양식의 글보다 더 필요하다는 뜻이기도 합니다.

논증 양식의 글쓰기의 목적은 서로 대립되는 생각에서 빚어지는 갈등을 해결하려는데 있습니다.

어떤 문제에 대해 서로 반대되는 생각을 가지고 있거나, 그 문제에 대해 회의적인 생각을 가지고 있는 사람을 상대로 그 생각을 바꾸게 할 수만 있다면 그것이 바로 갈등의 해결이 되겠지요. 논증은 곧 설득이란 말도 논증적인 글쓰기의 성격을 잘 말해 주고 있다고 봅니다.

논증적인 글쓰기 양식의 대표적인 것이 각종 논문이나 신문의 사설·칼럼 등일 것입니다. 대학 입학시험 때 치르는 논술고사도 이런 양식의 글이 될 것입니다. 신문의 독자 투고란에 실리는 비판적인 작은 글들도 자기주장의 피력, 혹은 진실을 증명해 보이고자 하는, 논증 양식의 글쓰기라고 할 수 있습니다.

이런 글쓰기에서 가장 중요시되는 것은 자기 생각의 타당성을 입증해 주는 근거입니다. 논증에서 제시되는 근거를 보통 논거라고 하는데 누구나 믿고 있는 객관적인 사실, 즉 어떤 것에 대한 통계나 어떤 문제에 대한 권위 있는 전문가의 견해까지도 논거가 될 수 있습니다.

논거와 아울러 논증 양식의 글에서 꼭 필요한 것이 자기주장 혹은 어떤 것에 대한 판단을 하나의 문장으로 명확하게 요약하는 일입니다. 논거를 통해 주장하려는 자신의 생각을 하나의 문장으로 요약한 것을 명제라고 합니다.

명제: A는 B다, 또는 A는 B가 아니다―라는 판단의 표명. 믿음 혹은 불신이나 의심이 예상되는 진술 형식.

논증은 이 명제를 상대에게 설득시키기 위해 필요한 글이라고 해도 틀리지 않을 것입니다. 문학작품에서는 그 명제가 명시적으로 표현되기보다 안으로 감추고 있어 연상적 암시적 효과를 얻을 수 있지만 논증적인 글에서는 그 주장의 표명이 분명히 드러나야 합니다.

이성 간의 우정은 가능하다.(가능하지 않다)
사형제도는 폐지되어야 한다.(폐지되어서는 안 된다)
안철수의 대선 출마 해야 한다.(아니다)
명덕·삼척의 원전은 건설되어야 한다.(건설되어서는 안 된다)
책을 통해서 배운 지식은 실제 경험만 못하다.(아니다)
사랑은 이타적이다.(사랑은 이기적이다)

이러한 명제를 관철시키기 위한 논증 양식의 글쓰기를 효과적으로 수행하여 좋은 결론에 이르기 위해서는 추론이 필요합니다. 추론이란 이치를 좇아 어떤 일을 미루어 생각하고 논급하는 일을 말합니다. 추론은 확실한 근거 위에서 이루어져야 합니다. 추론의 방법으로는 보통 귀납적 추리와 연역적 추리에 의거하고 있습니다.

귀납적 추리란 특수한 사실(구체적인 여러 가지 사실)을 근거로 하여 일반적인 사실 내지 현상으로서 결론을 내리는 방법이고 연역적 추리는 일반적인 원리를 근거로 하여 특수한 사실의 어떠함을 찾아내는 방법이지요. 연역적 추리의 가장 전형적인 경우가 3단논법으로 어떤 결론에 이르는 가장 논리적인 방법이지요.

모든 사람은 죽는다.(대전제) 소크라테스는 사람이다.(소전제) 그러므로 소크라테스는 죽었다.(결론)

그 어느 글보다 논리적이고 독창적인 사고와 확실한 신념을 필요로 하는 것이 논증 양식의 글쓰기라고 생각합니다.

제15강 구체적인 대상을 말로써 묘사하는 양식의 글쓰기

묘사는 눈으로 보거나 마음으로 느낀 것 등을 객관적으로 표현함을 이르는 말이지요. 객관적으로 표현한다 함은 누가 보아도 그것을 실감나게 느낄 수 있도록 한다는 말과 다르지 않을 것입니다.

실제로 그 대상이 눈에 보이듯, 만져지듯, 그 소리가 정말 들리는 것처럼 말(글)로써 그려내는 것이 묘사이기 때문에 객관적 표현이 되지 않을 수 없는 것이지요. 그러나 글쓰는 이의 기분이나 태도 혹은 그 관심에 따라 묘사가 주관적이 되는 경우도 있지요.

푸른 하늘을 나는 갈매기의 날갯짓은 그대로 절규였다. 바다에서는 성난 파도가 게거품을 허옇게 뿜어내고 있었다. 나무들은 나무들대로 불만스러운 몸짓이었다.

묘사는 관찰자가 어떤 대상을 바라보는 위치를 고정시킨 상태에서 할 수도 있고 그 시점을 이동시키면서 할 수도 있으며, 멀리서 바라보기 혹은 아주 가까이서 바라보는 식의 그려내기 등 여러 가지가 있을 수도 있습니다.

너와집은 8년 전 그대로였다. 달라진 것이 있다면 너와 지붕 위에 루핑 쪼가리가 더 많이 얹혔다는 것과 외양간이 아예 허물어져 있었고 그 대신 집 뒤꼍 쪽에 겨우 비바람이나 피할 정도의 허술한 헛간이 하나 세워져 있었다. 심한 가뭄인데도 산버드나무 밑 샘가에는 물이 질펀하게 흘러 돌미나리가 무성했다. 오리 한 쌍이 새끼 대여섯 마리를 거느리고 그 돌미나리 밭에서 귀귀거리고 있었다.

위의 묘사는 관찰자가 고정된 위치에서 대상을 바라보며 그 특징을 그려 나가는 방법이지요.

차는 비탈길을 조심스레 내려가기 시작했다. 그때까지 드문드문 보이던 울긋불긋한 슬레이트 지붕들이 문득 사라지고 시루떡 켜처럼 밑둥을 드러낸 산들이 드넓은 개활지 위에 띄엄띄엄 솟아 있을 뿐이었다.

오정희님의 소설 「파라호」의 한 구절인 이 글은 관찰자가 초점에 변화를 주는 묘사라는 것이 금방 나타나고 있습니다.

묘사에서 가장 중요한 것은 어떤 대상에 대한 〈지배적인 인상〉을 그려 내야 한다는 것이지요. 단순히 사물의 모양을 그대로 본떠서 그려 내는 〈모사〉가 아니라 그 사물의 특징을 찾아내 인상적으로 그려 내야 묘사가 된다는 뜻입니다.

묘사는 〈실감〉이 있어야 하고 그러한 실감 뒤에는 어떤 〈의미〉가 따라와야 하는 법입니다.

새벽녘 산등성이에서 내려다보는 고향 산천은 그야말로 그림이었다. 낯설지 않은 산봉우리와 갈큇발처럼 뻗어 내린 산줄기 사이사이로는 골안개가 웅성거리고 있었다. 물안개가 아기 숨결처럼 아슴아슴 엷게 피어오르는 호수의 수면은 그대로 또 하나의 깊고 신비로운 하늘이었다.

관찰자의 눈에 비친 고향 산천의 풍경이 실감나게 그려진 것인데 이는 이런 아름다운 자연 속에서 일어날 어떤 사건 하나를 암시하기 위한 의미를 가지고 묘사된 글이지요.

멀리 낡은 성곽이 으스스한 분위기로 그려지고 태풍 전야의 정적 속에서 고양이 울음소리가 들리는 등의 분위기 묘사는 장차 이곳에서 벌어질 어떤 사건의 비극성을 의미로 가지고 있다고 할 수 있지요.

그네는 껌을 씹을 때 유난히 입을 벌려 짝짝 소리를 냈다. 때로는 씹던 껌을 꺼내 양손 엄지와 검지손가락으로 잡아 두어 번 늘린 다음 다시 그것을 뭉뚱그려 입속에 넣곤 했다. 말을 하는 중에도 그네의 껌씹기는 계속되었다.

이처럼 껌을 씹고 있는 여자의 모습을 실감나게 그려 낸 것은 그 여자의 사람됨이 경박하다는 것을 보여 주기 위함입니다.

묘사에는 설명적인 것이 있고 암시적인 것이 있습니다. 설명적인 묘사는 아무래도 먼저 다룬 바 있는 〈설명〉 양식의 글쓰기에 해당할 것이고, 암시적인 묘사는 시나 소설 등 문학적인 글에서 많이 쓰는 방법이 될 것입니다.

심리묘사, 성격묘사, 행동묘사, 배경묘사, 사건묘사, 자연묘사 등 묘사의 종류를 생각해 보는 일로 묘사의 필요성과 그것의 효과적인 표현 방법을 알아 두면 즐거운 글쓰기가 될 것입니다.

〈비가 오는 날 우산도 쓰지 않고 걸어가는 한 남자〉,
〈새벽 2시까지 귀가하지 않고 있는 남편을 기다리는 아
내의 마음〉, 〈건너편 아파트 베란다 풍경〉, 〈다소 경박
한 남자의 옷차림〉 등을 「실감」 있게 그리되 그 묘사가
필요로 하는 「의미」까지 살려 보는 일로 글쓰기의 즐거
움을 맛보십시오.

제16강 사건을 서술하는 양식의 글쓰기, 서사

  사실이나 사건 따위를 있는 그대로 적는 일을 〈서사〉라고 합니다. 즉 움직이는 생명에 관련된 사건을 시간적 흐름에 따라 이야기하는 양식의 글쓰기가 〈서사〉입니다.

  설화, 전설 등이 서사의 대표적인 예가 될 것입니다. 소설 또한 서사적 글쓰기에서 빼놓을 수 없는 장르입니다. 소설처럼 글쓰는 이의 상상에 의해 만들어지는 허구적 서사 세계도 있지만 신문 기사나 르포, 전기나 자서전 등도 사실 중시의 글쓰기도 서사에 속합니다. 일기도 서사적 글쓰기에 해당할 것입니다.

  서사적인 글은 움직임(행위), 시간, 의미 등 세 가지 요소를 필요로 합니다. 서사에 필요한 첫 번째 요소인 움직임은 누가 무엇을 어떻게 하고 있는가 하는 그 진행 과정을 움직이는 그림처럼 보여 주어야 한다는 뜻이지요.

효자동 할머니는 오늘 따라 젊어 보였다. 그랬다. 발그무레 화기 도는 얼굴에다 염색한 머리에 빗질을 하는 손놀림이 여간 세련돼 보이지 않았다. 신발장에서 자신의 옷차림에 맞는 구두를 찾아 신는 데도 꽤나 신경을 쓰고 있었다.

사건의 과정은 시점에서 시점으로 이동하면서 진행되는 법이지요. 이야기가 아침→낮→저녁→밤 등 시간적 순서에 따라 이야기가 진행되기도 하고 현재에서 과거로 거꾸로 거슬러 올라갈 수도 있습니다. 현재에서 과거로 다시 더 먼 과거로 다시 현재로 그 시간의 변화를 통해 이야기가 전개되는 것이지요.

효자동 할머니는 오늘 미국에 건너간 아들네 식구를 만난다는 설렘으로 밤을 꼬박 지샜다. 아들 내외가 미국으로 건너간 것은 십 년 전이다. 십 년 전 그네는 아들 내외를 미국으로 보내면서 하나도 섭섭하지 않았다. 아들이 멀지 않아 돌아온다는 확신 때문이었다. 이십 년 전에도 그네는 아들과 헤어져 산 적이 있었다. 그때 초등학교 학생이던 아들은 그네 곁을 떠나면서 꽤나 몸부림쳐 울었다. 그네 역시 그 아들과 헤어져서는 살 수가 없을 것 같았다. 그러나 오늘 그네는 거의 포기하고 살아온 아들에 대한 그리움을 한꺼번에 보상받는 기분이었다.

이렇게 어떤 움직임은 시간을 현재와 과거로 넘나들면서 어떤 의미를 형성하게 마련이지요. 위에 예로 든 효자동 할머니의 이야기는 그네의 외로움, 혹은 자식에 대한 그리움을 의미로 만들어 가고 있다는 것을 알 수 있을 것입니다.

서사적인 글은 이야기의 시작과 끝이 있게 마련이지요. 즉 서사는 이야기의 발단과 긴장이 고조되는 중간 단계, 그리고 지금까지 읽는 이들을 사로잡아 온 어떤 긴장으로부터 독자를 해방시키는 결말로 연결되어야 한다는 것이지요. 이야기를 어떻게 시작해 어떤 식으로 결말을 맺을 것인가를 놓고 생각하는 단계가 필요한 것이 서사적인 글이라는 것을 잊어서는 안 될 것입니다.

서사적인 글에서 대화는 사건의 전개와 그 속에 등장하는 인물들의 성격묘사를 위해서 매우 중요한 역할을 합니다. 서사에서의 대화는 평소 서로 나누는 대화보다 더 간결하고 참신해야 효과적일 것입니다. 함축적으로 구사된 대화는 서사적인 글의 극적 효과를 얻는데 결정적인 역할을 하는 경우가 많습니다.

서사에서 중요한 또 하나는 시점입니다. 시점은 서사의 출발이라고 할 수 있는 것이지요. 시점이란 대상을 바라보는 위치와 거리, 그리고 그 이야기를 지배하는 톤(어조)까지를 합쳐 이르는 말이지요. 흥미있는 이야기, 가치 있는 이야기가 되고 안 되고는 바로 시점의 선택과 그 서술방법에 달렸다고 보아도 좋을 것입니다. 시점이 잡혀져야 비로소 이야기가 시작되는 법이지요.

시점, 그것은 독자가 누구의 눈을 통해 이야기 속의 인물이나 사건과 만나는가, 혹은 어느 인물의 입장이 되어 인생을 바라보게 되는가 하는 문제이기도 합니다.

서사의 시점은 1인칭적인 것과 3인칭적인 것이 있습니다. 1인칭 시점은 〈나〉가 사건의 주인공 입장에서 기술하는 경우와 〈나〉가 사건에 직접 참석한 사람이 아니고 다만 〈그〉를 관찰하는 입장에서 기술하는 두 가지 경우로 나누어 볼 수 있습니다.

3인칭 시점은 사건에 관계된 모든 인물에 대해서 기술하게 되는 파노라마적 시점과 선택된 한 인물의 성격과 행동 간의 관계에만 초점을 두어 기술하는 제한적 시점이 있습니다.

글을 처음 쓰는 분들은 우선 1인칭시점부터 사용해 보는 것이 좋을 것입니다.

제17강 글의 효과적인 표현 기술, 수사

〈수사〉는 말이나 글을 아름답고 정연하게 꾸미고 다듬는 일, 또는 그 재주를 이르는 말입니다. 그러니까 〈수사〉는 수사의 방법 또는 그 기술을 뜻하는 말이 되겠지요.

그러나 수사법이 무엇이고 수사법에는 어떤 것들이 있는지 그것을 잘 아는 일이 글쓰기에 크게 도움이 된다고는 생각하지 않습니다. 직유법, 은유법, 풍유법, 대유법, 중의법…, 과장법, 영탄법, 반복법, 열거법, 대조법, 점층법…, 도치법, 인용법, 생략법, 반어법… 등등이 어떠한 수사인지를 잘 안다고 해서 좋은 글, 아름다운 글이 쓰여진다고 말하기는 어렵다는 것이지요.

수사법의 종류를 나열해 놓고 거기에 맞는 예문들을 열거해 보이는 일 등이 학교교육에서 사라져야 글쓰는 재미를 느낄 수 있는 사람들이 더 많이 나올는지 모릅니다. 보다 참신하고 특이한 표현으로 읽는 이들을 사로잡는 것이 중요하지 자신이 쓴 그러한 표현이 무슨 수사법인지를 따지는 일 등은 글쓰는 이들에게는 아무런 의미가 없다는 것이지요.

우리가 알아야 할 것은 말이나 글에서 수사가 왜 필요한가를 아는 일입니다. 수사의 필요성을 알게 되면 거기에 맞는 나름의 수사가 저절로 만들어지게 된다는 것이지요.

올해 초등학교 2학년인 아름이는 학교 수업을 끝내고 집으로 돌아왔습니다. 아름이의 어머니는 마당 수돗가에서 빨래를 하고 있었습니다.

"엄마, 나 배고파. 밥 줘!"

"어이구, 우리 아름이가 배가 많이 고픈 모양이구나. 그래그래, 엄마가 밥 금방 차려 주마."

아름이 어머니는 하던 빨래를 집어던지고 허둥지둥 밥상을 차렸습니다. 배가 고프다는 아름이의 말이 어머니에게 잘 전달된 것이지요.

다음 날도 아름이는 집에 돌아와 책가방을 벗어 놓지도 않은 채 밥을 달라고 말했습니다.

"엄마, 나 배고파. 밥 줘!"

방에서 옷을 다림질하던 아름이의 어머니는 아들의 말에 어제처럼 금방 일어서지 않습니다.

"그래, 조금 기다려라. 이 옷 다 다리고 밥 차려 주마."

아름이는 자기의 말이 어머니한테 별로 잘 전달되지 못한 것 같아 불만스러웠습니다.

다음 날 학교에서 돌아온 아름이는 집에 들어서기가 무섭게 소리칩니다.

"엄마, 나 배고파 죽겠어. 빨리빨리 밥 줘!"

그러자 어머니는 하던 일을 멈추며,

"그거 봐라, 아침을 잘 먹지 않고 가더니……."

그러면서 부지런히 밥을 차려 주었습니다. 아름이의 '배고파 죽겠다'는 말이 효과를 본 것이지요.

아름이는 다음 날도 그 다음 날도 집에 들어서며 배고파 죽겠다고 엄살을 떨었습니다. 그러나 어머니는 어느새 아름이의 그 말에 시큰둥한 반응을 보였습니다.

"쯧쯧, 사내 녀석이 배고픈 걸 그렇게 못 참아서야!"

"엄마, 나 정말 배고파 미치겠어. 정말 정말 정말 배고프단 말이야!"

그래도 어머니는 하던 일을 쉬 멈추지 않았습니다.

다음 날 아름이는 집에 돌아와 힘없이 마루에 걸터앉으며 작은 목소리로 말합니다.

"엄마, 나, 뱃가죽하구 등가죽이 결혼했다!"

아름이의 이 말에 어머니가 웃었습니다. 그리고 하던 일을 멈추고 얼른 부엌으로 들어가며 혼잣소릴 합니다. '얼마나 배가 고팠으면 저 녀석이 저런 말을……'

이 얘기를 통해 우리는 수사가 왜 필요한 것인지, 말하기와 글쓰기에 효과적인 표현 기술이 왜 생기게 되는지를 알게 되었을 것입니다.

아무리 좋은 물건이라도 포장이 잘 되지 않으면 그 내용물이 별것 아닌 것으로 보일 수가 있는 법이지요. 그 반대로 조금 안 좋은 물건도 포장을 잘 하게 되면 그 물건이 돋보이게 마련이지요.

말하기와 글쓰기도 마찬가지입니다. 이왕이면 다홍치마라고, 같은 말, 같은 뜻의 문장이라도 그 표현을 잘하게 되면 상대에게 전하고자 하는 자신의 마음이 효과적으로 전달될 것입니다.

같은 말이라도 그 쓰임을 조금 바꾸어 하게 되면 그효과가 몇 배로 늘어난다는 것을 알게 되는 일, 그것이효과적인 표현 기술의 기본이라고 생각합니다.

제18강 비유, 두 개의 사물이 견주어지는 상태의 표현법

글쓰는 이들은 자신의 생각이 잘 전달될 수 있는 표현법을 찾기 위해 늘 고민하게 됩니다. 그런 고민 속에서 아름다운 글, 뜻 전달에 보다 효과적인 글이 나오게 마련이지요. 우선 우리들에게 널리 알려진 다음의 멋진 표현들을 눈여겨볼 필요가 있습니다.

① 불덩이 같은 커다란 시뻘건 해가 남실남실 넘치는 바다에… 〈김동인, 배따라기〉
새악시 볼에 떠도는 부끄럼같이/새악시의 가슴을 살포시 젖는 물결같이… 〈김영랑, 돌담에 속삭이는 햇살같이〉
가지가지 나무들 새에 낀 전등도 밝거니와 그 광선에 아련히 비치어 연분홍 막이나 벌여 놓은 듯 활짝 피어 버린 꽃들도 곱기도 하다. 〈김유정, 야앵〉

육신이 흐느적흐느적하도록 피로했을 때만 정신이 은화
처럼 맑소 〈이상, 날개〉

아, 강낭콩 꽃보다도 더 푸른/그 물결 위에/양귀비 꽃보
다도 더 붉은/그 마음 흘러라 〈변영로, 논개〉

② 구름은/보랏빛 색지 위에/마구 칠한 한 다발 장미/목
장도 깃발도 능금나무도/부울면 꺼질 듯이 외로운 들길
〈김광균, 데상 2〉

하늘의 병풍 뒤에/벋은 가지 가지 끝에서/포롱/포롱/포
롱/튀는/천상의 악기들 〈박남수, 종달새〉

사랑하는 나의 하나님 당신은/늙은 비애다/푸줏간에 걸린
커다란 살점이다/시인 릴케가 만난/슬라브 여자의 마음속
에 갈앉은/놋쇠의 항아리다 〈김춘수, 나의 하나님〉

③ 돌담에 속삭이는 햇살

아지랭이가 몰고 가는 봄바람과 함께 온누리는 푸른 봄
의 물결을 이고 들에도, 언덕 위에도, 산등성이에도, 봄
의 춤이 벌어진다. 푸르른 생명의 춤, 새말간 봄의 춤이
흘러넘친다. 이윽고 봄은 너의 얼굴에서 또한 너의 춤 속
에서 노래하고 또한 자라난다 〈한흑구, 보리〉

④ 삐이 호이, 삐이 호이, 홀로 우는 새의 소리/돌돌돌 쪼
로록 흘러오는 물의 소리 〈박두진, 샛별살 따실 때〉

아장아장 걷는 그의 걸음걸이

흘깃흘깃 곁의 사람을 쳐다보는 그의 눈이

⑤ 빈수레가 더 요란하다

숭어가 뛰니까 망둥이도 뛴다

금강산도 식후경이다

⑥ 그는 정종을 좋아한다

정종→일본 술

저 사람, 간판이 저래서야

간판→얼굴

청초 우거진 골에 자난다 누엇는다

홍안은 어디 두고 백골만 무텨ㅅ나니

홍안, 백골→황진이

잔 잡아 권할 이 없으니 그를 슬허하노라 〈임제〉

잔→술

인용한 ①부터 ⑥까지의 글이 각기 어떤 표현법을 써서 어떤 효과를 얻고 있는가를 살펴보십시오.

위에 인용된 ①, ②는 모두 어떤 사물을 다른 사물에 견주어 표현하고 있습니다. 즉 〈마치〉, 〈처럼〉, 〈듯〉, 〈같이〉 등의 말을 써서 두 개의 사물을 직접 견주어 표현하거나 A를 B에 견주어 표현할 때 A를 감추고 B만을 문장의 표면에 나타내서 A가 독자의 상상에 의해서만 알아볼 수 있게 하는 표현 방법이 사용된 것이지요.

〈인간은 생각하는 동물〉이라고 하면 이 말은 흔한 생각이어서 어떤 여운을 기대하기 어렵지만 〈인간은 생각하는 갈대〉라고 하면 갈대가 가지고 있는 이미지가 사람이 지닌 속성과 견주어지며 많은 것을 생각하게 하는 힘을 갖게 되겠지요.

그러나 직유나 은유는 가능하면 신선한 것으로 하는 것이 좋습니다. 우리가 너무 흔하게 들어서 귀에 익은 죽은 비유는 별 효과가 없기 때문이지요.

인용 ③은 사람이 아닌 다른 사물을 마치 사람인 것처럼 인격화하고 있습니다.

인용 ④는 사물의 소리를 그대로 흉내 내거나 그 모양을 그대로 흉내 내고 있는 표현법입니다.

인용 ⑤는 다소의 풍자적인 성격을 띤 비유로서 빗대어 말하는 가운데 상대의 약점을 찌르려는 의도를 품고 있는 표현법이지요.

⑥은 어떤 사물을 그 일부분으로서 전체를, 또는 전체로서 일부를 가리키거나 그 사물을 연상시킬 수 있는 딴 사물을 대신하여 부르는 표현법입니다.

제19강 강조, 말에 힘을 주어 좀 더 강렬하게 표현하는 기술

먼저 살펴본 〈비유〉도 어떤 내용이나 그 이미지를 선명하게, 혹은 뚜렷이 하기 위한 강조에 해당합니다. 그러나 여기서는 주로 말이나 글의 표현을 좀 더 생생하게 하기 위해 문장에 액센트를 주거나 어감에 차이를 일으키는 등의 표현 기술을 살펴보기로 하겠습니다.

먼저 다음의 표현들이 어떤 식의 〈강조〉를 하고 있는가를 살펴보십시오.

① 눈물의 홍수. 열두 대문 집. 백발이 삼천 척. 간이 콩 알만하다. 살을 에이는 찬바람

② 천년 맺힌 시름을/출렁이는 물살도 없이/고운 강물이 흐르듯/학이 나른다/천년을 보던 눈이/천년을 파닥거리던 날개가/또 한 번 天涯(천애)에 맞부딪노니. 〈서정주, 학〉

③ 오, 그대의 빛나는 눈동자! 너의 넋은 수녀보다도 외롭구나!

아, 천하는 이렇게도 광활하고 웅장하고 숭엄하였던가!

④ 아, 기울어 가는 태양 아래/외로워하는 조국이여,/그 어디까지 젊은 목숨 위에 초연히 서야 할/유구한 조국, 아 어머니인 나라여! 〈김규동, 조국〉

⑤ 새해가 흘러가도 새해가 밀려가도/마음은 밤이란다/언제나 밤이란다

⑥ 해야 솟아라, 해야 솟아라/말갛게 씻은 얼굴 고운 해야 솟아라. 〈박두진, 해〉

⑦ 여자는 약하나 어머니는 강하다. 호랑이는 죽어 가죽을 남기고 사람은 죽어서 이름을 남긴다.

⑧ 내 방이 벽에 못 한 개 꽂히지 않은 소박한 반대로, 아내 방에는 천정 밑으로 쫙 돌려 못이 박히고, 못마다 화려한 아내의 치마와 저고리가 걸렸다. 〈이상, 날개〉

⑨ 대뜸 몽둥이는 들어가 그 볼기짝을 후려갈겼다. 아우는 모로 몸을 꺾더니 시나브로 찌그러진다. 뒤미처 앞 정갱이를 때렸다. 등을 팼다. 알지 못할만치 매는 내리었다. 체면을 불구하고 땅에 엎드리어 엉엉 울도록 매는 내리었다. 〈김유정, 만무방〉

⑩ 운동화에, 국방색 당고바지에, 검정 저고리에, 오그라

붙은 카라에, 배애배 꼬인 검정 넥타이에, 사 년 된 맥고
모자에, 볕에 탄 얼굴에, 툭 불거진 광대뼈에, 근천스럽
게 말라붙은 안면 근육에, 깡마른 눈정기에…… 〈채만
식, 태평천하〉

⑪ 그는 좀 모자라지만 착실한 사람이야.

⑫ 세월은 덧없이 간다 하지만/우리들의 보람은 덧없다
말라/굶주려 그대는 구걸하지 않았고/배불러 나는/지나
가는 동포를 넘보지 않았다. 〈柳呈, 램프의 시〉

⑬ 파르란 구슬빛 바탕에 자줏빛 회장을 받친 회장저고
리/회장저고리 하얀 동정이 환하니 밝도소이다. 〈조지
훈, 고풍의상〉

위에 인용된 ①, ②는 어떤 사물을 실제보다 훨씬 과
장하거나 반대로 줄여 표현함으로써 보다 인상적이고
강렬하게 전달하는 방법이지요. 그러나 이 경우 과장을
위한 과장 즉 실감을 오히려 감소시킬 우려가 있다는
것을 잊어서는 안 될 것입니다.

인용 ③, ④는 희로애락의 감정을 강조해서 쓰는 표현
법으로 감탄사나 감탄형 어미가 적절히 활용될 때 효과
를 볼 수 있습니다. 이 역시 남용되면 문장의 격을 떨어
뜨릴 수가 있으니 조심스레 써야 효과적일 것입니다.

인용 ⑤, ⑥은 말하고자 하는 어떤 내용을 한 번 말하는 것보다 두 번 말함으로써 얻어지게 되는 반복의 효과가 잘 나타난 표현이지요.

⑦, ⑧은 어떤 사물을 딴 사물과 대조시켜서 그 의미를 선명하게 하는 표현법입니다.

⑨는 한마디 한마디 비슷한 말을 더해 가는 과정에서 의미를 점층적으로 표현하는 기법인데 형식적인 것 말고도 독자의 감정을 극도로 흥분시켜 감정을 절정에 끌어올리는 내용상의 점층법도 많이 쓰이고 있습니다.

⑩은 소설의 묘사에서 많이 쓰이는 표현법으로 그 내용이나 계통이 비슷한 말을 거듭 나열함으로써 그 하나하나가 모여 전체의 뜻을 강조하게 하는 것이지요.

⑪, ⑫는 칭찬하기 위해 먼저 내리깎는다던가, 내리깎기 위해서 칭찬하는 표현법이지요.

⑬은 말이나 문장의 꼬리를 따서 다음 단계의 첫머리에서 되풀이하는 표현 방법입니다.

제20강 변화, 문장의 단조로움을 깨면서 얻게 되는 효과

나는 그 사람을 잊을 수가 없다.

이 문장은 〈나〉의 생각을 분명하게 표현하고 있습니다. 그러나 이 단조로운 문장에 약간의 변화를 줌으로써 그 느낌의 강도가 크게 달라질 수 있을 것입니다.

내가 그 사람을 정말 잊을 수 있을 것인가.(묻는 형식의 표현법)
내가 어찌 잊을 수 있겠는가, 그 사람을.(어순 바꾸기)
그 사람을 정말 잊을 수 있을까. 노오! 차라리 죽는 게 나을 거다.(묻고 대답하기)
하늘에는 구름이 떠 있고 내 마음에는 그 사람 모습 떠 있어라.

구름이 하늘을 다 가리지 못하듯 그 사람 그리는 내 마음 다 지울 수 없네.(비슷한 가락으로 나란히 늘어놓기)

"그 사람을 잊는 것은 세상을 다 잊는 것이다." 라고 누군가 내게 말해 주었다.(남의 말을 인용하기)

이제 다음 문장들이 어떤 변화법을 써서 표현의 효과를 얻고 있는지 살펴볼 차례입니다.

① 살았다, 썼다, 사랑하였다. 〈스탕달〉

돌 하나 비에 젖어 푸른 이끼와 이끼……〈신석정, 돌〉

② (값나가는 도자기를 깨뜨린 아이를 향해) 그래, 참 잘했다!

나는 의심할 용기를 가졌기 때문에 모든 것을 믿는다. 나는 싸울 용기를 가졌기 때문에 일체의 것과 화친한다. 〈키르케고르, 이것이냐 저것이냐〉

③ 보십시오, 이 아름다운 모습을, 그녀가 남기고 간 마지막 절규를.

임이시여, 들으시나요, 내가 손을 쳐드는 소리를─/들으시나요, 바스락거리는 소리를…. 〈릴케, 붉은 산〉

④ 극과 극은 그렇게도 멀었고/극과 극은 그렇게도 가까웠다.(중간 생략) 새파랗게 질린 내 입술은/잠자리 날개

처럼 떨렸으나/다음의 말은 뼈아프게 똑똑하였다//나는 당신을 사랑치 않습니다. 〈김용호, 역설〉

⑤ 나그네는 우뚝 일어섰다. 그는 미끄러지듯 언덕에서 쫓아 내려간다. 다리를 핥고 있던 삽살개가 짖는다. 다음 이 소리가 멎는다. 대청마루에서 여자가 이웃이 밖을 내다본다. 사나이는 전신을 떨면서 대문 안으로 발을 들여놓았다. 〈박경리, 김약국의 딸들〉

⑥ 하늘에는 달이 없고, 땅에는 바람이 없습니다/사람들은 소리가 없고, 나는 마음이 없습니다//우주는 주검인가요/인생은 잠인가요. 〈한용운, 고적한 밤〉

범은 죽어서 가죽을 남기고, 사람은 죽어서 이름을 남긴다.

①의 두 문장은 하지 않아도 이해될 수 있는 말을 생략해 버림으로써 표현의 효과를 얻을 수 있는 방법입니다.

②의 문장은 표현하려는 의도와는 정반대의 표현을 함으로써 효과를 거두는 방법입니다. 이런 반어적 표현법은 역설적인 풍자나 기지 등을 동반하게 됨으로써 독자를 긴장시키는 효과를 볼 수 있습니다.

③의 두 글은 제대로 된 문장의 서술을 일부러 앞뒤를

거꾸로 바꾸어 놓은 것입니다. 이런 경우에 강조되는 것은 끝에 오는 어귀일 것입니다. 시나 소설 문장에 가끔 이런 도치법은 사용하면 문장 흐름에 탄력을 줄 수 있습니다.

④의 표현법은 얼핏 보기에 반대가 되는 것 같은 표현을 함으로써 독자를 긴장시킬 수 있는 역설법입니다. 이치에 어긋나는 것처럼 보이면서 사실은 그 속에 어떤 진리가 숨어 있는 것처럼 보이게 함으로써 합리적이고 조리에 맞는 그냥 평범한 진술보다 강한 인상을 남길 수 있는 표현법이지요.

⑤는 어떤 일이 현재 일어나고 있는 것처럼 그 시제를 현재형으로 쓰는 표현법입니다. 우리나라 말은 시제가 엄격한 편이 아니어서, 소설 표현에서 과거와 현재를 뒤섞어 나타냄으로써 글의 생동감을 얻는 데 효과적인 방법입니다.

⑥은 가락이 비슷한 어구, 문장 등을 나란히 서술하여 표현의 효과를 얻어 내는, 흔히 대구법·대조법이라고 불리는 것입니다.

다시 한 번 강조하지만 글쓰기에서 수사가 왜 필요한 것인가를 아는 일이 중요합니다. 그 필요가 절실하면

저절로 효과적인 표현, 좋은 문장이 만들어진다는 것을
잊지 않아야 할 것입니다.

제3부

좋은 글, 이렇게 쓰는구나

제21강 글의 얼굴, 제목이 인상적이어야

글의 제목은 그 글의 얼굴입니다. 사람을 처음 만날 때 그 얼굴만 보고도 그 사람의 모든 것을 다 알 것 같은 느낌이 드는 것도 얼굴이 주는 그 첫인상 때문일 것입니다.

얼굴 쳐다보기가 그 사람을 아는 첫 과정이듯이 제목 읽기는(어느 독자든 글의 제목부터 음미하게 마련이다) 그 작품을 통해 얻게 될 감동의 길라잡이 역할을 하게 될 것입니다. 즉 제목은 그 글이 지닌 비밀을 푸는 암호요 그 열쇠라고 생각할 수 있습니다. 물론 내용과 전혀 엉뚱한 제목을 붙일 수도 있지만 대개의 경우 그 제목은 글의 한 구조로써 이름이 붙여지는 것이 정상일 것입니다.

제목만 보고도 그 글을 읽고 싶은 충동이 일도록 참신

하고 인상적인 제목을 만들어야 합니다. 그 제목을 통한 흥미 유발이 필요하다는 것이지요. 좋은 현상은 아니지만 제목만 보고 책을 사는 사람도 많다고 합니다.

가능하면 진부한 것, 너무 흔해빠져 독자가 식상할 그런 제목은 피하는 것이 좋습니다.

제목은 되도록 독자의 기억에 오래 남는 것으로 붙이는 것이 좋습니다. 그 글을 통한 감동이 그대로 제목과 연결될 수 있는 그런 제목이어야 독자의 기억에 오래 남을 수 있을 것입니다. 비록 그 글 내용이 생각나지 않더라도 제목만은 기억되는 그런 것도 좋은 제목이라고 할 수 있겠지요. 우리가 읽은 외국의 소설 중 기억에서 지워지지 않는 「좁은 문」, 「누구를 위하여 종은 울리나」, 「노인과 바다」, 「전쟁과 평화」, 「25시」, 「죄와 벌」 등은 그것이 비록 번역된 것이라 해도 그 작품이 이룩한 성과에 크게 보탬이 되는 좋은 제목이었다는 생각입니다.

제목 붙이기는 글쓰는 이의 취향에 따라 여러 형태로 나타날 것입니다. 〈담배〉, 〈뱀〉, 〈꿈〉, 〈소나무〉, 〈슬픔〉, 〈망초〉 등 하나의 낱말로 단순화할 수도 있지만 이런 경우는 그것이 너무 추상적이 되거나 막연하여 독자가 글 내용에 접근하는 데에 별 도움이 되지 못할 경우도 있을 것입니다.

글의 주제나 그 내용을 함축적으로 보여 주는 제목도 많습니다.

〈잉여인간〉(손창섭), 〈상전 길들이기〉(이동하), 〈토지〉(박경리), 〈앞장선 꼴찌〉(엄기원), 〈표현은 침묵보다 아름답다〉(이향아)

상징성을 띈 말로 제목을 삼아 효과를 높이는 제목도 많지요.

〈숲속의 방〉(강석경), 〈동경〉(오정희), 〈풍금이 있던 자리〉(신경숙), 〈붉은 방〉(임철우), 〈장마〉(윤흥길), 〈놓친 열차가 아름답다〉(서정범)

사람 이름이나 지명 혹은 어떤 사건을 직접 제목으로 붙여 효과를 보는 경우도 있습니다.

〈우리 반 반장 이순자 씨〉, 〈착한 사람 문성현〉(윤영수), 〈장길산〉(황석영), 〈태백산맥〉(조정래), 〈6·25사건〉, 〈압구정동엔 무지개가 뜨지 않는다〉(이순원)

요즘은 글의 제목이 순우리말로 바뀌어 가는 경향이 강하며, 주어와 서술어, 혹은 목적어와 서술어를 가진 긴 것이 많습니다.

〈나무들 비탈에 서다〉(황순원), 〈사람의 아들〉(이문열), 〈부끄러움을 가르칩니다〉(박완서), 〈귀는 왜 줄창 열려 있나〉(김국태), 〈원숭이는 없다〉(윤후명), 〈달이 뜨면 가리라〉(한수산), 〈하늘 호수로 떠난 여행〉(류시화)

독자를 좀 더 긴장시키기 위해 경구성 문구를 제목으로 붙이는 경우도 많습니다.

〈문화는 운명이다〉(이옥자), 〈슬픔도 힘이 된다〉(양귀자), 〈학의 다리가 길다고 자르지 마라〉(윤재근), 〈무소의 뿔처럼 혼자서 가라〉(공지영), 〈사랑은 진행형일 때만 아름답다〉(필자)

어떤 낱말 앞에 좀 별난 수식어를 얹음으로써 효과를 얻는 제목도 있습니다.

〈아홉 켤레의 구두로 남은 사내〉(윤흥길), 〈난장이가 쏘아올린 작은 공〉(조세희), 〈우리들의 일그러진 영웅〉(이문열)

가장 흔한 제목은 낱말과 낱말 사이에 〈의〉나 〈과〉

등을 넣어 만들거나 어떤 말 끝에 〈대하여〉라는 말을 붙이는 경우입니다.

〈절반의 실패〉(이경자), 〈그 겨울의 추억〉, 〈침묵의 눈〉(필자), 〈숲 속의 예술철학〉(토마스 만), 〈초승달과 밤배〉(정채봉), 〈달과 다이애너〉(허정), 〈이름에 대하여〉(변해명)

알쏭달쏭한 제목으로 독자를 끌어들이는 경우도 많습니다.

〈첫 남자의 마지막 여자〉(노수민), 〈외로운 나비의 행복한 자유〉(박진서)

제22강 쓴 글 다시 고쳐 다듬기

글이 마무리되는 단계를 보통 퇴고라고 합니다. 쓴 글을 다시 읽으면서 그 내용을 보충하거나 아예 다른 것으로 바꿀 수도 있을 것입니다. 혹은 빠진 말을 더 집어넣거나 불필요한 말을 빼어 버림으로써 글쓴이의 생각이 보다 효과적으로 전달될 수 있도록 하는 과정이 필요하다는 것이지요.

우리가 지금까지 읽은 좋은 글들은 모두 이러한 퇴고 과정을 잘 거친 뒤에 만들어졌다는 것을 명심할 일입니다. 여러 번 고쳐 쓰고 다듬는 사이에 더 좋은 생각이 떠올라 먼저 쓴 글과는 비교도 안 되는 좋은 글이 되는 경우도 흔합니다.

한 번 뱉은 말은 다시는 고쳐 말할 수 없습니다. 비록 고쳐 말했다 해도 먼저 한 말은 그것을 들은 사람의 기억에 그대로 남아 나중에 고쳐 말한 것이 별 효력이 없게 마련이지요.

글이 말보다 나은 점이 바로 그것입니다. 독자가 읽기 전에 여러 번 고쳐 다듬었기 때문에 글쓴이의 생각이 말로 한 것보다 한결 정리된 상태에서 전달될 수 있다는 이점이 있다는 것이지요.

〈엎지른 물〉이 되지 않게 하기 위해서는 쓴 글을 반드시 고치고 다듬는 습관을 기르도록 노력할 일입니다.

퇴고는 그 글을 쓴 사람의 눈으로 읽기보다 아직까지 그 글을 읽지 않은 사람의 눈으로 읽는 것이 좋습니다. 자기가 쓴 글을 냉철하게 객관화할 필요가 있다는 뜻입니다. 글의 객관화를 위해 쓴 글을 어느 정도 시간이 지난 뒤에 다시 읽고 고쳐 다듬는 것이 좋을 것입니다.

퇴고에서 가장 중요한 것은 글을 쓸 때 마음에 썩 내키지 않았던 부분을 과감하게 잘라 버릴 수 있는 용기라고 생각합니다. 글을 쓸 때 뭔가 어색하게 생각되던 부분은 나중에 그것을 읽는 이들에게도 뭔가 거슬리는 구석이 있다는 것을 생각해 그런 부분은 눈을 딱 감고 빼어 버리는 것이 좋다는 것이지요.

꼭 필요한 것만 남긴다는 생각으로, 마치 과일나무 가지치듯 불필요한 것을 가차 없이 잘라 버리는 것이 글을 고치고 다듬는 일에 매우 중요하다는 것을 다시 한 번 강조해 둡니다.

퇴고를 할 때 우선적으로 검토해야 할 요령 몇 가지를 열거해 보겠습니다.

1. 전체의 검토

① 이 글을 통해 말하고자 한 것(주제)이 제대로 담긴 글이 되었는가?

② 글의 내용이 무리 없이 전개되었는지, 혹시 글의 흐름이 어색하게 느껴지는 부분은 없는가?

③ 글의 처음 시작과 그 결말 부분이 제대로 연결되었는지?

2. 부분의 검토

① 단락과 단락은 잘 연결되는지, 혹시 더 들어가야 할 단락이나 빼 버려도 좋은 단락은 없는가?

② 혹시 이야기가 산만하게 전개되어 내용이 혼란스러워진 부분은 없는지?

③ 인용이나 대화 부분을 좀 더 인상 깊게 표현할 수는 없는 것일까?

④ 혹시 너무 장황하게 설명되어 지리한 인상을 주는

부분은 없는가?(불필요하게 긴 문장은 없는지?)

3. 문장 · 용어 · 맞춤법 · 띄어쓰기 검토

① 주어 · 술어 간의 호응 관계는 잘 이루어져 있는
가?

② 조사 · 어미의 사용은 적절하게 되었는가? 특히 종
결어미가 혹시 혼용되지는 않았는지?(예, 받았다. 받
았습니다.)

③ 글에 쓴 낱말을 다른 말로 바꾸어 효과적인 것은
없는 것일까? 즉 그 글에 가장 적절한 용어가 쓰여졌
는지?(기여했다, 가 좋을까 아니면 이바지했다, 가 좋
을까를 놓고도 고민할 필요가 있다는 것이지요.)

④ 맞춤법은 바르게 되었는가? 컴퓨터의 맞춤법이나
띄어쓰기 검토에 전적으로 의존하는 것은 좋지 않습
니다. 틀리는 것이 많으니 조심해야 합니다.

⑤ 탈자나 오자가 없는가?

글쓰기의 즐거움이 쓴 글을 다시 고쳐 쓰는 과정까지
연결되었을 때 정말 좋은 글이 만들어진다는 것을 잊
지 않아야 할 것입니다.

제23강 정확하고 올바른 글을 위한 몇 가지 유의할 점들

　서술 형태가 일관되어야 합니다. 글을 처음 쓰는 분들의 글에서 자주 발견되는 부분이 바로 서술 종결어미의 혼란입니다.

　〈나는 그날 그곳에 간 것을 많이 후회했다. 날씨마저 을씨년스러워 더 이상 그곳에 머물고 싶지 않았다.〉

　이렇게 서술되던 문장이 느닷없이 〈나는 결국 그곳을 떠나고야 말았습니다.〉로 그 서술어가 경어체로 바뀌고 있는 경우가 흔하다는 것입니다.

　또 어떤 이들의 글은 말하는 투로 평이하게 써 나가다가 갑자기 문어체의 딱딱한 어투로 바뀜으로써 글의 전체 분위기가 혼란을 일으키는 경우도 있습니다.

　또한 어떤 이들의 글에서는 그 글에 쓰는 용어가 통일되어 있지 않은 것을 발견하는 경우가 많습니다. 처음에는 〈어머니〉로 쓰다가 어느 문장에서는 〈엄마〉로 바뀌는가 하면, 〈기여하다〉식의 한자어 중심으로 쓰다가 〈이바지하다〉는 식의 우리 고유어를 사용하는 것도 좋은 문장, 올바른 문장 만들기에서 조심해야 할 부분들입니다.

높임법을 제대로 써야

우리말은 높임법이 매우 정교하게 발달된 언어입니다. 이것은 우리말이 말하는 사람과 듣는 사람과의 관계를 중요시한다는 뜻이기도 합니다. 문장의 주체를 높이는 법과 말 듣는 상대를 높이거나 낮추는 높임법의 형태를 제대로 알고 쓰는 것이 올바른 문장을 쓰는 일이 될 것입니다.

오늘도 아버지께서 사과를 맛있게 <u>먹으셨다</u>.→(잡수셨다)

할아버지, 아버지께서 <u>돌아오셨습니다</u>.→(―가 돌아왔습니다.)

선생님, 오늘 시간 좀 <u>계십니까</u>?→(있으십니까?)

다음 문장의 밑줄친 부분은 높임법을 제대로 지키지 않은 것입니다. 어떻게 바꾸는 것이 좋을 것인지 한 번 생각해 보십시오.

며칠 전 <u>부친</u>이 나를 <u>부르더니</u> '너에게 물려주고 싶은 것은 〈正心〉뿐이다' <u>하시면서</u> 손수 먹물로 이렇게 새겨 놓았습니다.

위의 문장의 경우 먼저 <u>부친</u>은 남이 쓰는 대우이기 때문에 가친으로(부친이 작고하셨으면 선친으로) 바꾸어야 하고, 하시면서와 호응을 이루려면 가친께서로 써야 합니다. 말을 듣는 상대의 위치로 미루어 <u>나</u>는 저로, <u>부르더니</u>는 부르시더니로, <u>놓았습니다</u>는 놓으셨습니다로 해야 옳습니다.

조사의 올바른 사용

문장을 만들 때 주의할 또 한 가지는 조사의 올바른 사용입니다. 우리말은 어떤 말에 독립성이 없는 조사나 어미 따위를 붙여, 그 기능에 의해 문법적 관계를 나타내는 언어지요. 특히 격조사의 역할이 매우 중요하다는 것을 알게 되면 문장을 쓸 때 이 점에 유의하여 올바른 문장, 뜻 전달이 분명한 글을 쓰게 될 것입니다.

사람이라는 말 뒤에 (이, 은, 도, 을, 의, 처럼, 까지, 만) 등의 조사를 붙여 써 보면 왜 올바른 조사를 써야 할 것인가를 스스로 터득하게 될 것입니다.

특히 〈이/가〉를 쓸 때와 〈은/는〉을 쓸 때의 문장 느낌이 다르다는 것을 알 필요가 있을 것입니다.

학교에서의 수업과 독서실에의 출입과 과외의 공부가 그의 생활의 전부였다.

위의 문장에는 〈의〉가 너무 많이 사용된 경우인데 틀린 문장은 아니나 결코 좋은 문장은 아닙니다. 이는 학교 수업과 독서실 출입 그리고 과외공부가 그의 생활의 전부였다―정도로 조사 〈의〉를 적절히 사용하면 좋을 것입니다.

길수의 쉰 듯한 목소리가 책을 읽고 있다.

위의 문장이 제대로 되려면 길수의는 길수는으로, 목소리가는 목소리로 바뀌어야 할 것입니다.

조사를 함부로 생략하는 경우가 많은데 이것은 뜻 전달이 잘 안 되는 모호한 문장이 될 우려가 크니 조심할 일입니다.

제24강 자기 목소리, 자기 말투로 써야 한다

좋은 생각이 좋은 글이 됩니다. 그러나 아무리 좋은 생각이 떠올랐다 하더라도 그 생각을 담아낼 그릇이 좋지 못하면 좋은 글이 되기 어렵습니다. 생각을 담아 전할 그릇의 선택이 필요하다는 것이지요.

또한 그 그릇의 맵시와 빛깔 선택도 좋은 글이 되고 안 되고에 중요한 역할을 할 것입니다. 자기 나름의 독특한 목소리와 자기 말투, 말버릇을 가져야 생각과 느낌의 전달이 효과적이라는 뜻이지요.

그 목소리만 듣고도 그것이 누구의 것인지 금방 알아내는 것은 말의 억양이나 음색 등 그 말씨가 각기 다른 데다 말하는 사람 나름의 독특한 말버릇이 있기 때문입니다.

자기 목소리, 자기 말버릇을 보통 스타일이라고 합니다. 스타일은 〈산문이나 시에 나타나는 표현의 투〉로

풀이됩니다.

표현하는 투, 혹은 말하는 방법—그것은 글쓰는 이의 사람 됨됨이나 그 개성에서 비롯되는 것이지요.

어떤 사람의 생각이나 철학이 그 스타일로 나타나는 것이지만 그것 자체가 스타일은 아닙니다. 스타일이 스타일로 보여지는 것은 그 문장에 의해서 확실히 드러나게 되어 있습니다.

"문체는 곧 사람이다."

뷔퐁의 이 말은 글쓰는 사람의 개성 혹은 그 인격이 곧 문체를 결정짓는다는 것을 가리켜 보이는 좋은 예일 것입니다.

문장이 글의 옷이라면 문체는 그 옷의 색깔이며 모양새라고 할 수 있는 것이지요. 같은 옷이라도 그 색깔이나 모양새에 의해 그 옷을 입은 사람의 성격이나 개성이 드러난다는 뜻으로 생각할 수 있습니다.

자기에게 잘 어울리는 색깔이나 모양새의 옷을 입었을 때 남들 앞에 자신있게 나설 수 있는 것처럼 자기 나름의 목소리, 자기 말투를 가지고 글을 쓸 때라야 읽는 이들의 마음에 울림을 줄 수 있는 좋은 글을 쓸 수 있을 것입니다.

자신이 잘 아는 이야기, 자신에게 절실한 문제를 감춤이 없이 솔직하게 쓸 때 그 이야기에 걸맞은 자기 목소리와 자기 말버릇이 자연스럽게 나올 수 있다고 봅니다.

문체는 글쓰는 이의 말투, 즉 말버릇에 의해 결정된다는 것을 다시 한 번 강조해 둡니다. 어떤 사람은 매우 상냥한 말투를, 어떤 사람은 몹시 무뚝뚝한 말투를 가지고 있지요. 목소리를 착 낮게 깔아 조용조용 말하는 사람이 있는가 하면 처음부터 목소리를 높여 좌충우돌 듣는 사람의 혼을 빼는 그런 말투도 있습니다.

물론 문체는 글쓰는 이가 다루고 있는 주제나 제재에 따라 달라질 수도 있고 그 글을 읽을 사람들의 수준에 맞춰 달리 만들어질 수도 있을 것입니다.

어둡고 무거운 이야기에 맞는 말투가 있을 것이며 다소 가볍고 우스꽝스런 분위기를 보여 주는 글의 내용에 맞는 말투가 있을 것이란 얘기지요. 또한 초등학교 학생에게 읽히기 위한 말투가 따로 있을 것은 당연한 일입니다.

문체는 글쓰는 이가 선택하는 언어에 의해 결정됩니다.

<u>인간</u>은 그 생명의 <u>유한함</u>을 <u>망각</u>할 때가 <u>허다</u>하다.
<u>사람</u>은 자신이 <u>죽는다는 것</u>을 늘 <u>잊고</u> 지낸다.

니두 내두 다 뒈진다는 것을 몰랐냐?

귀하께서 그 문제에 대해 지대한 관심을 표명하심은 가히 경이로운 일이로다.

그 어른이 그 일에 그처럼 신경을 쓰고 계시다니 정말 놀라운 일입니다.

뭐야, 그 작자가 정말 그 일을 궁금해한다는 거야?

썩어빠질 놈, 등 돌릴 땐 언제고 지금 와서 거 뭐하는 수작이야.

때로는 고상하고 우아한 말투, 때로는 천박한 말투를 쓰게 되는 것도 모두 글쓰는 이가 선택한 그 어휘에 의해 결정되는 것이지요. 순우리말(고유어)을 많이 씀으로써 좀 더 쉽고 부드러운 인상의 글을 쓰는 것을 좋아하는 이가 있는가 하면 한자어나 외래어가 자기 말투에 맞는다고 생각하는 사람도 있을 것입니다.

자기 부인을 일컫는 말도 선택하기에 따라 그 말투가 크게 달라지겠지요. 마누라, 부인, 아내, 집사람, 안사람, 부엌데기, 내무장관, 애들 엄마, 여편네, 와이프 등 그 장소나 때, 혹은 그 글을 읽을 대상에 따라 낱말의 선택은 달라지게 될 것입니다.

제25강 인터넷 세상, 더 즐거운 글쓰기

원고지를 이용한 글쓰기

우리는 지금 정보사회를 살고 있습니다. 정보가 사회 변혁의 원동력이 되는 세상이지요. 정보사회가 필요로 하는 속도와 정확성 확보에 가장 확실한 시스템이야말로 인터넷이 아닌가 싶습니다.

인터넷을 통한 정보의 신속한 처리와 저장 그리고 전송이 사회의 모든 영역에 영향을 끼치고 있습니다. 즉 다양한 형태의 정보통신망의 발달로 시공간을 초월한 세계를 넘나들 수 있다는 것이지요.

이러한 디지털 시대의 글쓰기 형태 또한 많은 변화를 가져왔습니다. 필기도구를 이용해 종이에 직접 쓰는 전통적 글쓰기보다는 자판을 두드려 모니터에 쓰는 온라인상의 글쓰기로 바뀌고 있다는 것입니다.

그러나 아직도 종이 위에 직접 글을 쓰는 사람들이 많습니다. 이것은 사이버 공간에 들어가 글을 읽는 것보다 종이책으로 읽어야 글 내용이 제대로 들어온다는 말과도 통하는 일입니다.

문인들 중에는 지금도 자판을 이용하지 않고 원고지 위에 필기도구를 통해 손으로 직접 작품을 써내는 이들이 적지 않습니다.

이것은 필기도구를 이용해 직접 손으로 글을 쓰는 오랜 습관에서 벗어나기 어려운 이유도 없지 않을 것입니다. 그러나 원고지 위에 글을 쓰는 문인들의 생각은 그렇지 않습니다. 손으로 직접 써야 그 한 글자 한 글자 속에 자신의 혼이 실리고 정성이 담긴다는 생각인 것이지요. 컴퓨터 자판기를 두드려 글을 쓰는 일은 뭔가 비인간적일 뿐 아니라 글쓴이의 정신이 제대로 실리기 어렵다는 얘기입니다.

어떻든 원고지 위에 직접 글을 쓰는 일은 앞으로도 상당 기간 동안 계속될 전망입니다. 우선 대학의 논술고사나 자기소개서는 물론이고 사회의 각종 시험에서도 손으로 직접 글을 쓰는 일을 원하고 있는 것만 보아도 원고지에 글을 쓰는 일을 그렇게 가벼이 볼 일이 아닙니다.

오프라인상의 글쓰기는 주로 원고지를 이용하고 있습니다. 굳이 칸이 촘촘하게 막혀 있는 원고지를 사용하는 이유는 무엇일까요.

답은 간단합니다. 자신이 쓴 글의 분량을 정확히 알기 위해서입니다. 원고지 한 장이면 얼마 정도의 글이 들어갈 수 있는가를 알 수 있습니다. 즉 원고지의 숫자를 헤아려 자신이 쓴 글의 양을 알 수 있다는 것이지요.

A4용지 석 장에 글을 써 오라고 하면 어떻게 될까요. 이때 글씨를 크게 쓰는 사람과 깨알처럼 작은 글씨로 또박또박 박아 쓰는 사람의 글의 분량은 차이가 많이 날 것입니다. 글씨 크기뿐만 아니라 글자의 간격이나 띄어쓰기 등에 의해서도 쓴 글의 분량은 크게 달라질 수 있습니다.

정해진 규격의 원고지를 사용하는 이유가 쓴 글의 분량을 제대로 알기 위해서라면 그 원고지 사용법을 제대로 아는 일이 무엇보다 중요합니다.

다음은 200자 원고지를 기준으로 한 사용법입니다.

1) 원고지 첫 장에는 주로 글의 종류, 제목, 이름을 쓰는 게 보통입니다.

글의 종류(소설, 수필 등)는 맨 윗줄 앞부분에, 글의 제목은 둘째 줄 가운데에 씁니다.

　이름은 제목 밑의 줄 바른쪽에 쓰되 이름 끝 자 뒤에 두 칸이나 세 칸을 남겨 놓고 씁니다.

　글 제목 밑의 글쓴이 이름은 흔히 〈홍 길 동〉이라고 글자를 모두 한 칸씩 띄어쓰는 것이 좋습니다.

　본문의 글은 이름 밑의 한 줄을 비우고 시작하는 것이 원칙입니다.

　2) 원고지 한 칸에는 반드시 한 글자씩만 쓰는 것이 원칙입니다. 그러나 숫자와 영어 소문자 등은 한 칸에 보통 두 글자씩을 씁니다.

　3) 글을 처음 시작할 때, 단락이 바뀔 때, 대화와 인용문 등은 원고지 맨 앞쪽 한 칸을 비우고 써야 합니다.

　4) 문장부호도 한 칸에 하나씩 쓰는 것이 원칙이나 다음의 경우에는 예외로 할 수도 있습니다.

　줄표(─)와 줄임표(…)는 주로 두 칸에 걸쳐 씁니다.

　그러나 온점(.)과 따옴표는 다른 글자와 한 칸에 같이 써도 좋습니다.

　괄호 문자, 원문자 등은 음표나 부호와 같이 고유 표시로 간주하여 주로 한 칸에 함께 씁니다.

　물음표(?)나 느낌표(!) 등 원고지 한 칸을 꽉 채우는 문장부호 뒤에는 원고지 한 칸을 비우고 쓰는 것이 원칙입니다.

그러나 반점, 온점, 쌍점, 줄표 등 간단한 부호의 다음 칸은 붙여 씁니다.

뭉치 숫자나 영어 단어는 중간에서 줄을 바꾸지 않습니다.

워드프로세서, 글쓰기의 더 큰 즐거움

이 시대의 글쓰기는 이제 워드프로세서 기능을 이용해 온라인 위에서 이루어지고 있습니다. 앞으로의 글쓰기는 컴퓨터의 다양한 소프트웨어를 통해 더욱 발전된 모습으로 진화해 갈 것이 분명합니다.

자판을 두드려 글을 쓰는 일이 원고지에다 글을 쓰는 일보다 한결 능률적이라는 것을 누구나 알고 있습니다. 원고지를 이용해 글을 쓰다 보면 잘못 쓴 것을 다시 고쳐 적는 시간도 많이 필요할 뿐만 아니라 손목이 아파 오랜 시간을 책상 앞에 앉아 있지 못하는 경우도 많습니다. 더구나 버려지는 원고지만 해도 상당히 많을 것입니다.

어떤 문인은 100장 정도의 글을 쓰기 위해 300장 이상의 원고지를 버렸다고도 합니다.

그러나 워드프로세서를 통한 글쓰기는 워드프로세서

의 형식을 잘 규정하여 사용하게 되면 원고지를 이용하는 것보다 몇 배의 능률과 재미를 얻을 수도 있습니다.

워드프로세서를 이용해 글을 쓰는 요령은 원고지 사용법과 크게 다르지 않습니다. 이것 역시 자신이 쓴 글의 분량을 정확히 재기 위한 온갖 규격이 정해져 있기 때문이지요.

즉 문서양식을 어떻게 설정하느냐에 따라 글쓰기의 모양이나 그 맛이 다르게 되는 것이지요.

다음과 같이 제시된 작성 요령에 따라 글을 쓰면 원고지를 사용하는 것보다 더 정확한 분량을 알 수 있을 것입니다.

글의 분량은 다음 양식에 따라 A4용지 10매 정도로 한다.

글꼴: 신명조

글자 크기: 11

줄 간격: 170% 또는 6mm

용지여백: 위쪽 20mm, 아래쪽 13mm, 왼쪽 20mm, 오른쪽 20mm

머리말 10mm, 꼬리말 10mm

이외에도 워드프로세서에 있는 여러 기능들을 활용하여 다양한 문서 작업을 할 수 있습니다.

그러나 기계가 모든 것을 다 해 준다는 생각을 하는 대신 필기도구를 이용한 손으로 쓰는 글쓰기처럼 좀 더 진지한 마음으로 자판 앞에 앉아야 좋은 글을 쓸 수 있을 것입니다.

좋은 글은 좋은 생각에서 얻어진다는 것을 다시 한 번 생각해 볼 일입니다.

인터넷을 이용한 글쓰기의 종류로는 전자메일, 게시판, 블로그, 홈페이지, SNS, 온라인 저널에 직접 참여하기 등 정말 다양한 통로가 있습니다.

이렇게 다양한 인터넷 글쓰기에서 우리가 조심할 일은 그 글쓰기를 너무 가볍게 하지 말라는 것입니다. 채팅 언어나 이모티콘 등을 이용한 인터넷 언어의 남용은 문법 파괴를 가져올 뿐만 아니라 이것이 오히려 올바른 의사소통에 장애를 일으킬 수 있다는 것을 잊어서는 안 될 것입니다.

온라인상에서 흔히 쓰는 익명을 통해 글쓰기의 즐거움을 너무 가벼운 쪽으로 몰고 간다거나 다른 사람들에게 피해를 주는 일도 생각해 볼 일입니다.

더 조심할 일은 컴퓨터 앞에 너무 오래 앉아 있다 보면 글쓰기의 즐거움보다는 인터넷 중독에 빠져 자기를 잊어버릴 수도 있다는 사실입니다. 생각의 깊이와 무게가 없는 사람일수록 인터넷 중독에 빠진다고 합니다.

글쓰기의 즐거움을 아는 사람은 자신의 기발한 생각을 어떻게 표현할 것인가를 놓고 고민하는 일만으로도 바쁩니다. 인터넷 중독에 빠진 이들의 그 넋 나간 얼굴이 아닌, 좋은 생각을 남다른 방법으로 표현하는 그 신명이 얼굴에 넘쳐흐를 것입니다.

제26강 좋은 글, 이렇게 쓰는구나
—좋은 글을 쓰기 위한 좋은 생각 모아 메모하기

1. 유년의 각인된 기억

작가·시인들은 각인된 유년의 기억을 글쓰기의 귀한 밑천으로 삼는다고 합니다. 지금 이 순간 떠오르는 어린 시절 최초의 기억은 어떤 것들일까요?

그 기억들을 찾아 정리하는 일이 재미있다면 당신은 글쓰는 일을 즐길 수 있는 재능을 지닌 사람이 분명합니다. 유년의 기억이 실제의 그것과 얼마만큼 변형되어 나타났는가 하는 것을 알아보는 일도 재미있겠지요.

2. 자서전 쓰기

자기 이야기를 솔직하게 잘할 줄 아는 사람이 좋은 글을 쓸 수 있다고 합니다. 자서전을 쓴다고 할 때 어떤 내용을 어떤 방식으로 써야 참신하면서도 진실한 글이 될 것인가 생각해 보는 것도 좋을 것입니다.

연대기적 기술보다는 어느 한 시절의 어떤 사건 하나를 구체적으로 적는 일로 〈나〉를 이야기할 수도 있겠지요. 독자들은 자랑을 늘어놓은 글보다는 내 단점을 정직하게 드러낸 글에 더 관심을 갖게 된다는 것도 잊어서는 안 될 것입니다.

3. 사물의 이름 알기

그 이름을 모르는 것은 자기 인생에 존재하지 않는 것과 같습니다. 사물의 이름을 제대로 아는 일로 그것에 대한 관심과 사랑을 보여 주는 사람이 좋은 글을 쓰게 될 것입니다.

자기 집 근처에 있는 공원을 찾아가 거기 자라고 있는 나무 이름이나 꽃 이름을 적어 보십시오.

4. 남들의 말 귀담아 듣기

집안 어른들이 평소 자주 입에 올리는 이야기나 그 말투를 메모해 두는 습관을 가지는 것도 좋은 글쓰기에 큰 도움이 될 것입니다. 특히 집안 어른들이 자주 입에 올리던 속담 등의 관용어들을 모아 놓았다가 자신이 쓰는 글에 인용하면 좋은 효과를 얻을 것이 분명합니다.

지금 기억나는 어른들의 말을 메모해 보십시오.

5. 내 말버릇 찾아 메모하기

자신이 평소 즐겨 쓰는 말들이 어떤 것인지 찾아 메모해 보십시오. 가까운 사람들한테 물어보는 것이 더 좋을 수도 있습니다. 남들과 얘기를 나눌 때 자신의 말버릇이 상대에게 호감을 주는 것인지 아니면 그 반대인지를 아는 일도 말하기에 있어 매우 중요합니다.

6. 가족의 캐릭터 규정하기

우리가 글을 쓰고 읽는 일은 궁극적으로 사람을 이해하기 위해서지요. 함께 사는 가족들의 캐릭터를 하나하나 규정해 묘사해 보는 일도 재미있겠지요. 어떤 유형의 성격이라고 규정하여 설명하기보다 있었던 어떤 일을 예로 들어 묘사함으로써 그 성격을 드러내는 것이 좋을 것입니다.

7. 유언 쓰기

〈나의 유언〉을 쓰게 된다면 무슨 이야기를 누구에게 남기고 싶은 것인지 메모해 보십시오.

8. 내가 댓글을 쓴다면

평소 누리꾼들의 댓글을 읽으면서 어떤 생각을 합니까. 여러 유형의 댓글에 대한 자신의 견해를 논리적으로 적어 보십시오.

9. 좋아하는 계절

자신이 좋아하는 계절을 선택한 뒤 그 계절을 좋아하는 이유를 열 가지 이상 적어 보십시오.(진부하고 상투적인 것을 피할 것)

10. 상상하는 즐거움

무엇인가를 놓고 상상하는 일은 즐겁습니다. 문학적인 글은 모두 상상의 산물이지요. 망상이나 공상과는 다른, 현실에 뿌리를 둔 개연성 있는 상상력 부리기야말로 글쓰는 일의 가장 큰 즐거움이 될 것입니다.

매일 밤 10시에 정확하게 귀가하던 아버지가 밤 12시까지 돌아오지 않고 있습니다. 이때 가족들이 둘러앉아 '아버지가 왜 아직 돌아오지 않으실까'를 놓고 생각하는 것이 바로 상상이지요.

할아버지 할머니가 상상하는 것이 다르고 어머니의 그것이 다르겠지요. 대학생인 나의 상상과 초등학생인

동생의 상상 또한 다를 것입니다.

이때 가족들이 생각하는 것을 적어 보는 일로 상상력을 키워 보는 일도 글쓰는 일의 즐거움이 될 수 있겠지요.

11. 지난 일 되돌아보기

반성하는 형태의 글이 좋은 글이 되는 경우가 많습니다. 지금까지 자신에게 상처를 주었던 사람들을 머리에 떠올려 그때의 일들을 간략하게 메모해 보십시오.

지난 일들을 되돌아보는 동안 그 일로 해서 오히려 내가 상대에게 상처를 주었다는 생각을 할 수도 있을 것입니다. 즉 내가 피해자가 아니라 가해자의 처지였다는 것을 깨닫는 순간 옛날의 그 상처를 치유할 수도 있겠지요.

12. 내가 나를 말한다

남들이 생각하는 나는 어떤 사람일까요? 내가 나를 객관적으로 바라보는 나의 단점들을 찾아 적어 보십시오.

13. 지배적인 인상의 글쓰기

손님을 기다리고 있는 식당 안 풍경을 실감나게 그려

보십시오.

14. 왜 글을 쓰는가

말로 하는 것보다 글로 표현하는 일이 더 효과적인 이유를 다섯 가지 이상 적어 보십시오. 이 이유들이야말로 글쓰기의 즐거움이 될 것입니다.

15. 이런 것이 좋은 글이다

좋은 글이 어떤 것인가 하는 자기만의 생각이 있어야 합니다. 그 생각은 수시로 바뀔 수도 있는 것이지만 그 기본 정신만은 변함이 없을 것입니다. 자신이 생각하는 좋은 글에 대한 기준을 만들어 보십시오.

16. 어떤 것이 좋은 시일까요

문학작품을 감상하기 위한 자기 나름의 기준이 필요합니다. 좋은 문학작품이 어떤 것인가를 아는 일로 그러한 좋은 작품을 쓰는 방법을 터득하게 될 수 있을 것입니다.

시가 무엇인지를 제대로 아는 일도 시 작품을 읽는 일로, 시 어떻게 쓸 것인가도 좋은 시를 통해 알 수 있어야 합니다.

어떤 시가 좋은 시일까요? 소설, 어떤 소설이 좋은 소설이라고 생각합니까? 글쓴이의 인품이 드러나는 글이라야 좋은 수필이라는 말이 있는데 그것 말고도 좋은 수필이 될 수 있는 기준은 무엇일까요.

17. 쓰고 싶은 이야기

무엇인가 꿈꾸기, 그것이 바로 글쓰기일 수도 있습니다. 자신이 이 세상에 글로 남기고 싶은 이야기가 무엇인지 구체적으로 적어 보십시오.

쓰고 싶은 이야기를 메모하고 있는 당신은 이미 작가의 길에 들어서고 있습니다.

제4부

작가 전상국의 즐거운 글쓰기 이야기 네 편

왜 쓰는가

왜 쓰는가? 대답은 늘 분명했다. 쓰는 일이 즐겁기 때문이다.

1963년 등단하여 단 두 편의 단편소설을 쓴 것을 끝으로 만 십 년 동안 글과 담을 쌓고 산 그 고통스러운 세월을 통해 터득한 것이 있다. 세상살이에서의 유일한 비교 우위도, 거창한 명제로서의 존재 이유도 오직 글쓰기의 즐거움에서 찾을 수밖에 없다는 것. 체질적으로 소설 쓰는 일만이 내 끼의 발산과 그 신명 내기에 적격이라는 사실의 확인이었다.

글쓰는 일은 생각만 해도 즐겁다. 그 즐거움 속에는 어금니에 잘금잘금 괴어오르는 글쓰기의 신명은 물론이거니와 내가 선택한 고행, 글쓰는 고통과 그 절망까지도 포함된다. 때로 글쓰기의 절망을 감추는 일이 즐거움의 깊이를 더한다.

도박하는 즐거움과 글쓰기의 그것이 뭐가 다르겠는가. 도박꾼은 즐길 뿐 그 도박을 합리화하는 그 어떤 의미 부여도 하지 않는다. 글쟁이 역시 글쓰는 일이 그냥 즐겁다고만 말해야 하지 않을까 싶다.

작심한 도박꾼이 자기 손가락을 자르듯 나 역시 글쓰는 즐거움에 회의를 느낄 때가 많았다. 세상을 바라보는 뒤틀린 심사만큼이나 글쓰는 행위 또는 그 결과물에 대해 냉소적이었다는 얘기다.

사실 소설 쓰기야말로 삶의 방식 중 가장 야비하고 던적스러운 광기의 소산이라는 생각이 불쑥 치밀 때가 많았다. 그러할 때 나는 아무런 미련이 없이 문학을 버리곤 했다. 신명이 나지 않는 글쓰기는 내 자신은 물론 독자들에 대한 죄악이라는 생각 때문이었다. 그러나 손가락을 자른 도박꾼이 다시 도박장으로 돌아오듯 나는 어느새 글쓰기를 즐기고 있었다.

즐거움은 그 어떤 것에의 몰입이며 동시에 그 어떤 것으로부터의 해방을 통한 자기 증대이기도 하다. 상상하는 즐거움이 바로 그것이다. 상상은 기억을 재료로 하여 관념적인 것을 구체화하는 힘이다. 특히 내 유년의 각인된 기억은 가상의 그럴 듯한 집을 짓는 일에 결정적인 밑천이 되었다.

유년의 눈을 통해 내 속에 갇힌 6·25의 악령은 그 출구를 찾아 광기 어린 눈을 번들거렸다. 그 광기의 악령을 내 속에서 몰아내지 않으면 안 된다는 당위 명제로 글쓰기의 심지를 삼았다.

어느 여름날 소설 쓰기에 몰두한 나를 향해 아내가 볼멘소리를 던졌다. 뭔 거짓말을 만드느라 그렇게 땀까지 뻘뻘 흘리고 그래요? 몇 번의 면회 사절로 심기가 불편한 아내의 그 말은 충격적이었지만 사실 그것은 맞는 얘기였다. 그 어떤 명분도 거짓말 이야기를 만드는 즐거움에 앞설 수 없었다.

그러나 나는 그 잘난 상상력 부리기의 명분 찾기에 안간힘을 썼다. 거짓말 왜 하는가. 믿게 하기 위해서. 무엇을 믿으란 말인가. 내가 보여 주고 싶은 새로운 의미, 새로운 가치, 새로운 질서, 그리고 새로운 표현 방식. 작가로서 이 정도의 자기 암시는 필요하지 않느냔 자위로 작가 체면을 세우고 있었던 것이다.

어떻든 글쓰기의 즐거움이 나를 구원했다. 열등감 체질인 나는 다른 아이들보다 그 정도가 심했다. 그렇게 감수성이 예민했다는 뜻이다. 남들한테는 별것 아닌 일도 나한테는 치명적이었다.

중학교 때는 다른 아이들보다 책을 많이 읽었다는 자위로 세상이 살만했다. 그러나 고등학교 때 문예반에 들어가면서 치명적인 상처를 입었다. 어휘력 부족, 형편없는 문장력의 확인이었다. 그때부터 내 치부를 감추기 위한 싸움이 시작되었다. 장인 기질의 자기 연마를 통해 글쓰는 즐거움을 터득하게 되었던 것이다.

시골 촌놈의 서울에서의 대학 생활은 참담했다. 몇몇 문우의 천부적 재능 앞에 기가 죽었고 이룰 수 없는 짝사랑의 좌절, 그리고 도무지 마음에 심지를 세울 수 없는 혼란한 현실의, 내가 감당하기 어려운 높은 벽 앞에 압도당했다. 다른 방법은 생각할 수 없었다. 글쓰기가 유일한 출구였다. 불편하면 편하게 하라. 다행히 내 열패감이 생각보다 쉽게 창조적 에너지로 바뀌면서 일단 꿈의 등용문 앞에 설 수 있었다.

그렇게 문학이 나를 구원하곤 했지만 나는 번번이 문학을 배반했다. 글쓰는 즐거움을 쉽게 잃어버렸던 것이다. 반성이라는 미명 아래 쓰레기 같은 자기 일상이나 까발리고 호시탐탐 남의 삶을 훔쳐 낸 뒤 같잖은 의미부여로 거드름을 떠는, 나를 비롯한 동업자들의 그 탐욕의 내숭이 징글징글하게 느껴질 때 나는 쉽게 글쓰는 즐거움을 버렸다.

버렸다기보다 버려졌다는 표현이 맞을 것이다. 그것은 또 다른 열등감의 발현이었다. 문학에 대한 심통 부리기는 내 안의 뭔가가 무너져 내리고 있음을 의미했다. 책임지지 못하는 반성의 남발, 그것은 정직성의 실종이었다. 그리고 글쓰기로 채워지지 않는 탐욕의 항아리. 한 가닥 양심이 나를 문학으로부터 격리시키고 있었던 것이다.

내가 전업 작가가 되지 못한 결정적 원인이다. 글쓰기의 즐거움을 잃어버린 내가 찾아가는 곳은 학교 교실이었다. 자유분방한 욕구의 분출에 적합한 것이 글쓰기라면 교직은 음충맞은 내 내면의 방황을 감추는 보호색으로서 최적이었다. 어릴 때의 유일한 꿈이 선생님이 되는 것이었기 때문에 학생들을 가르치는 일에서 어느 정도 보람도 찾을 수 있었다. 글쓰는 일과 달리 교직은 화해와 관용의 집이었다. 또한 교직은 글을 쓰지 않아도 먹고 살 수 있는 생활의 방편이기도 했다.

문제는 교과서적인 삶에 오래 안주할 수 없었다는 점이다. 교직 생활에 대한 회의는 그 주기가 글쓰는 일의 그것보다 더 잦았다. 내가 쓰고 있는 탈 안의 또 다른 불량스런 내 얼굴이 욕구불만으로 이글거렸다. 그 안에서는 꿈을 꿀 수가 없었다. 매사가 시큰둥하거나 파행으로 치닫고 있는 우리의 형편없는 교육 현실에 대한 불만으로 가슴이 터질 것만 같았다.

신명을 잃으면 도망치기, 그것이 내 특기였다. 그렇다고 잃어버린 글쓰기의 신명을 당장 되찾을 수는 없는 일이었다. 두 개의 길 말고, 오솔길 같은 완충지대가 필요했다.

자연 친화였다. 내가 선택한 두 길에서 어느 것 하나에 싫증을 느끼거나 회의가 올 때 쉽게 도망칠 수 있는 또 다른 길이 거기 있었다. 나는 거침없이 감동했다. 온통 덧셈뿐인 자연과의 만남은 내 감성대로 살고 싶은 욕구의 충족, 충만한 위안이었다. 산에 머무는 시간이 길어졌고 언제부터인가는 죄스럽게도 밭농사하는 즐거움까지 누리게 되었다.

자연 앞에서 내 탐욕과 오만은 빛을 잃었다. 자연은 비우기의 충만을 가르쳐 주었다. 자연 사랑은 사람들 곁에 온전한 마음으로 돌아가기 위한 마음 비우기와 다르지 않았다. 말갛게 비워진 상태에서 나는 비로소 글쓰기의 즐거움을 그리워했다. 그 꿈의 실현을 위한 겸손과 감사도 배웠다.

달라지는 세상보다 내가 더 앞서 나가고 있다고 생각하던 시절도 있었다. 내 글쓰기가 기존의 덕목 깨부수

기이며 새로운 유파의 시작이고 그 중심이라는 오기와 자만으로 번뜩이던 젊은 날, 가벼운 것과 무거운 것의 구별이 분명했고 새롭지 않은 것에 대한 깎아내리기에 매몰찼다.

문학이 치기도 객기도, 더구나 먹고사는 방편이 되어서는 안 된다는 그 엄숙한 명제를 글쓰기의 신명으로 자랑삼기도 했다.

그러나 지금 나는 어디쯤 있는가. 세상보다 더 수다스러워졌고 내 문학을 앞질러 낡아 버렸다. 지난날 가벼이 본 것이 무겁게 다가오고 엄숙하게 움켜쥐었던 중심이 손가락 사이로 빠져나가는, 가치의 혼란 앞에 흔들린다. 가지고 있는 것 지켜 내기만도 벅차다며 새로워지려는 노력을 쉽게 포기한다.

맞는 얘기다. 세상 따라 달라지려고 허둥댈 것이 아니라 더 이상 무너지지 않기 위한 준엄한 자기 점검, 그 각성이 필요하다는 생각으로 자중하기로 한다.

무엇보다 명심할 일은 항상 나보다 앞서 있는 내 독자들을 두려워할 줄 알아야 한다는 사실이다.

고문하듯 다시 묻는다. 나는 왜 문학을 하는가?
…곁들여, 아름다운 우리말의 전수…….

그러나 내가 두려워하는 독자들이 냅다 나를 윽박지른다.

그건 오직 당신 작품으로 말해야 하는 것이라고.

물은 스스로 길을 낸다
— 창작 강좌

  등단하고 만 십 년 동안 단 한 편의 작품도 쓰지 못했다. 준비운동도 없이 트랙에 들어섰다가 쓰러져 평생을 폐인이 된 운동선수 꼴이었다. 글을 쓰는 사람으로서의 기본정신이 얼마나 중요한 것인가를 터득하는데 십 년이 걸린 셈이다. 그냥 단순한 취미 활동으로서의 글쓰기라면 몰라도 바로 여기에 내 길이 있다는 확신으로 시작한 글쓰기라면 평생을 그것과 함께하기 위한 정신적 준비가 필요하다.

  글쓰기의 기본자세 갖추기. 이것이 내가 문예창작교실에서 주고받는 강의 내용의 전부라 해도 크게 틀리지 않을 것이다.

  「창작의 이론과 실제」

  창작 욕구가 있는 학생들을 위해 개설된 이 강좌는

일 년에 한 학기 동안 창작과 관련된 문학이론과 글쓰기의 실제로 채워진다. 학생들과의 만남이 단 한 학기로 끝나는 데다 문학의 전 장르에 걸친 창작 강좌인 만큼 어느 한 분야에 치중하기가 어렵다 보니 자연히 겉핥기가 되기 쉽다.

더구나 수강생들 중 대부분이 창작 쪽에 재능이 있어서 왔다기보다 소설이나 시가 어떻게 쓰여지는가 하는, 문학 이해로서의 호기심인 쪽이어서 강의의 방향을 잡기가 쉽지 않은 것도 사실이다.

그러나 나는 일단 수강생들이 작가나 시인 지망생이라는 전제하에 강의를 시작한다. 사실 시간이 조금 지난 뒤에 확인해 보면 수강생 누구나가 글쓰기에 대한 막연한 동경과 실제로 그런 꿈을 갖게 한 어떤 계기가 있다는 것을 확인하기 어렵지 않다. 초등학교 때 백일장에 나가 입상을 한 뒤 선생님에게 칭찬을 받았다든가 뭔가 쓰지 않으면 못 견딜 만큼 절실한 무엇이 자기를 괴롭히고 있다는 등의 개인적 사연의 확인이다.

나는 왜 글을 쓰려고 하는가, 왜 쓰지 않으면 안 되는가, 글쓰기는 나에게 무엇인가?

학생들에게 던지는 화두다. A4용지로 한 장 이상의

글쓰기를 고문하듯 주문한다. 반응은 기대했던 것 이상으로 좋다. 한 장을 겨우 채우는 학생도 없지 않지만 꽤 긴 글을 써내는 학생도 많다. 내용은 물론 그 이야기를 풀어 가는 솜씨가 만만치 않다.

문학을 처음 시작할 때의 설레임으로 그 글을 읽는다. 수강 학생이 많을 경우에 조금 벅차긴 하지만 나는 이 글을 공개적으로 발표하게 한다. 자신들이 생각했던 것보다 진지하고 알맹이 있는 내용이 담겨 있는 글이 발표되는 것을 들으면서 학생들은 고개를 주억거린다.

쓰고 싶어 쓴다. 쓰지 않으면 죽을 것 같다. 글쓰는 일이 즐겁다. 글쓰기를 통해 내 열등감을 보상받고 싶다. 글쓰는 일이 나를 구원했다. 사람 이해의 길이다. 세상 보는 눈이 달라졌다.

이러한 결론이 구체적인 예를 통해 주어지는 순간 공감대가 형성되면서 새삼스레 그들 자신의 글쓰기 욕구가 불붙어 오르는 분위기가 역력하다.

무엇을 쓸 것인가

왜 쓰려는가 하는 글쓰기의 욕구 원인이 밝혀진 다음에는 그 욕구가 채워질 수 있는 금맥 찾기가 필요하다. 즉 글쓰기를 통한 할 말 찾기인 것이다. 어떤 말을 하고 싶은 것인가. 어떤 이야기를 해야 신명이 날 것인가에 대한 예비 진단이다.

가장 쓰고 싶은 이야기, 이것을 쓰지 않고는 못 견디겠다고 생각하는 것이 있는가. 이것은 나 말고는 누구도 쓸 수 없다, 이 문제에 나보다 더 절실하게 부딪쳐 본 사람이 없을 것이다……. 기억의 잔상을 클릭 클릭, 설사 그것이 나중에는 아무런 쓸모가 없는 것이라 해도 바로 이것이다—하고, 불현듯 짚이는 뭔가를 찾아내야 한다.

이것은 자기 이야기로부터 시작하라는 말과 같다. 쓰려는 무엇의 전문가가 돼야 글쓰는 신명이 난다는 얘기이기도 하다. 대부분의 작가·시인들이 그러하듯 글을 쓰려는 사람은 어린 시절의 각인된 기억을 밑천 삼아야 한다. 각인된 기억이란 그만큼 절실하고 충격이 컸던 사건이란 뜻이기도 하다. 시간이 지난 지금쯤 그것은 오랜 세월 동안 객관화되었을 뿐 아니라 아직도 그것이 머릿속에 생생한 만큼 그 속에 뭔가 비밀이 감춰져 있다는 것을 의미한다. 잊혀질 수 없는 그 기억에 의미를 붙여야 한다. 아직도 잊혀지지 않고 기억의 창고에서 숨을 쉬고 있는 그것의 정체를 밝혀야 한다.

무엇을 쓸 것인가. 학생들은 처음에는 황당하다는 듯이 망설이지만 막상 펜을 들면 좌충우돌, 종횡무진—거침이 없다. 작가가 갖추고 있어야 할 솔직성이 바로 이 부분에서 여지없이 드러난다. 지금까지 금기시해 왔던 어떤 문제로부터의 해방감이 그들 글 속에 넘쳐난다.

학생들은 이 단계에 이르러 조금 설레기 시작한다. 글이란 별것이 아니구나. 내가 알고 있는 것, 내 문제, 내 이야기를 쓰면 된다는 것에 안도하며 자신감을 보이는 것이다. 어떤 학생은 지금이라도 당장 소설 한 편을 써내겠다는 듯이 서둘러 댄다.

우선 소설 쓰기를 예로 글쓰기에서의 기본자세가 무엇인가를 다시 강조한다.

소설은 무엇인가

소설은 작가가 꾸며 낸 거짓말 이야기다. 이것을 믿지 않으면 작가가 될 수 없다. 소설은 누가 뭐래도 거짓말 이야기이다. 물론 독자들도 자신들이 읽는 소설이 작가가 꾸며 낸 거짓말이라는 것을 모르지 않는다. 그러나 그 거짓말을 문제 삼는 독자는 없다. 작가가 꾸며 낸 거짓말이 거짓말 이야기로 느껴지지 않기 때문이다. 우리가 티브이 드라마를 보면서 웃고 우는 것과 같은 이치이다. 꾸며 낸 이야기가 실제로 있었던 이야기보다 재미있는 것도 작가가 거짓말로 이야기를 꾸며 냈기 때문이다.

사실이 아닌 것을 사실처럼 말하는 능청, 없는 것을 있는 것처럼 말하는 능청떨기가 소설이다. 불륜의 칙칙하고 꺼림한 기분을 고상한 아픔으로 미화하는 것이 소설이다. 자동차로 개구리를 깔아뭉갠 일로 촛불을 켜놓고 미물의 죽음을 애도하는 그 마음의 과장 보여 주기가 소설이다.

그것이 어떤 것인가를 알면서도 짐짓 시치미를 떼는 일로 그것의 본질을 독자가 스스로 찾아내도록 유인하는, 시치미 떼기가 소설인 것이다.

노신의 산문에서 이런 것을 읽었다. 꿈에 노신이 선생님에게 글을 쓰려는 사람의 마음 자세에 대해 물었을 때 선생님이 예로 든 얘기다.

옛날 어떤 집에서 아들을 얻어 집안이 온통 축제판이었다. 만 한 달이 되어, 잔칫날 손님들에게 아이를 보이며 덕담을 듣고 있었다. 손님 하나가 말했다. 우와, 이 아이는 크면 부자가 되겠는데요. 부모는 이 말을 듣고 매우 고마워했다. 다른 사람이 아이를 보면서 말했다. 이 녀석, 크면 높은 벼슬을 하겠습니다. 아이 부모는 입이 더 크게 벌어졌다. 그런데 다른 손님 하나가 한 말이 문제였다. 이 아이는 분명 죽을 겁니다. 그러자 사람들이 그를 죽도록 때렸다.

사람이 죽는다는 것은 진실이지만 부자가 되거나 벼슬을 할 거라는 것은 거짓말일 수 있다. 그런데 거짓말은 좋은 보답을 얻었고 진실은 죽도록 얻어맞았다. 선생님이 꿈에 거짓말도 안 하고 진실을 말해 얻어맞지도 않는 비결을 말해 주었다. 이렇게 하려므나. 우와―! 이 아이는 정말! 이걸 보세요! 얼마나… 어이구! 하하! 허허러 헛. 허허허허!

소설의 거짓말 이야기는 이렇게 하고 싶은 말을 직접 드러내지 않는데 묘미가 있는 것이다. 아무리 진실이라도 그것을 함부로 발설하지 않고 독자의 몫으로 남기는 거짓말 이야기여야 한다.

무엇이 작가에게 그런 능청스런 거짓말을 만들어 내게 하는 것일까. 작가의 그 능력을 우리는 상상력이라고 한다.

문학은 상상의 산물이다

소설 쓰는 즐거움이 바로 상상하는 즐거움이라고 해도 틀리지 않는다. 소설은 전적으로 상상의 산물이기 때문이다.

서울 살고 있는 할아버지가 시골 작은집에 내려온다는 전갈이 왔다. 작은집 식구들은 그 할아버지를 기다린다. 그런데 온다는 시간이 훨씬 지났는데도 할아버지가 오지 않는다. 그때 식구들은 모여 앉아 할아버지가 왜 지금까지 아무 소식도 없이 나타나지 않는가에 대해 몹시 궁금해한다. 그 궁금증을 풀기 위해 서로 나누는 얘기가 바로 상상이다. 할아버지가 비행기를 타고 오다가 북한에 납치된 거라고 어린 손자가 말한다. 그러나 그 손자의 말은 너무 황당한 것이라 식구들은 들은 척도 안 한다. 그 시골까지 비행기 노선도 없을뿐더러 9시 뉴스에도 그런 사건은 없었기 때문에 그 얘기는 그저 황당한 공상에 불과하다. 즉 개연성이 전혀 없기 때문이다.

그 집의 대학생이 말한다. 할아버지는 친구를 좋아하니까 어디쯤 오다가 버스를 내려서 지금쯤 술 한잔을 하고 있을는지 모른다고. 그 어디쯤 할아버지 친구가 있다는 근거와 평소 술을 좋아하는 할아버지의 얘기가 그 추측에 힘을 싣는다. 물론 개연성이 충분하니까 소설이 될 수 있는 상상이긴 하다. 그러나 소설에서 필요로 하는 상상은 술 마시는 할아버지보다 조금 엉뚱한 구석이 있는 할아버지여야 한다. 독자들이 우선 반신반

의할 수 있는 것이어야 한다는 것이다. 문제는 그것을 감당할 수 있는 개연성이 준비돼 있을 때라야 그 상상은 빛을 본다.

그 집의 어머니가 말한다. 할아버지가 지금 서울에서 이 시골까지 자전거를 타고 오는 중일 줄 모른다고. 식구들이 모두 에— 하고 그네의 말에 머리를 내흔든다. 그러나 어머니는 할아버지가 옛날 사이클 선수였다는 것, 언제고 죽기 전 시골까지 자전거를 타고 내려가겠다는 말씀을 들은 적이 있다는 말로 좀 별난 성격의 할아버지가 보여지게 된다. 소설이 필요로 하는 인물도 바로 그런 성격의 할아버지여야 한다.

작가의 상상하는 즐거움은 자신의 상상 세계에 독자들을 동참시키는 것이다. 그리하여 좋은 소설은 작가와 독자가 다같이 상상을 통해 만나게 된다.

이제 문제는 상상된 것을 표현하는 일이다. 작가가 되기 위해서는 이야기꾼으로서의 언변이 있어야 한다는 것이다. 누구보다 이야기를 잘해야 한다. 이야기꾼으로서의 장인의식이 필요하다. 목수나 도공이 자기가 다루는 나무나 흙에 대해 잘 알고 있어야 하는 것처럼 글을 쓰려는 사람은 글의 일차적인 자료인 언어를 누구보다 잘 알고 있고 누구보다 그것을 사랑하는 사람이어야 한다. 어휘 구사력, 그것이 작가로서의 재능 확인이라는 것을 잊지 말아야 한다.

고문하듯 물어야 한다. 나는 우리말을 얼마나 사랑하고 있는가, 그리고 이야기꾼으로서의 남들보다 뛰어난 어휘 구사력을 가지고 있는가. 그렇다. 이 대목에서 대부분 절망한다. 그 절망이 깊을수록 좋다. 언어 혹은 문장에 대한 열등감이 글쓰려는 사람을 괴롭혀야 한다. 장인 기질이 드러나는 것도 문학의 일차적인 자료인 언어에 집착하는 그 치열성에서 생겨난다는 뜻이다.

문제는 문장이다

문장이 모든 것을 해결해 준다는 믿음이 있어야 한다. 물론 좋은 글은 좋은 생각에서 나온다. 그러나 좋은 생각을 좋은 글로 만드는 것은 글쓰는 이의 표현력, 즉 문장력에 의해 결정된다. 별것 아닌 얘기도 성공한 작가가 다루면 감칠맛이 있고 뭔가 깊이가 있는 것처럼 느껴지는 것도 그 작가가 구사하는 문장 때문이라는 것을 알아야 한다.

물론 문장력은 타고난 재능과 관계가 깊다. 그러나 글쓰는 이의 피나는 노력에 의해 감춰졌던 재능이 발굴된다는 것을 잊어서는 안 된다. 좋은 문장 만들기의 즐거움은 글쓰는 이의 확실한 성공을 약속하는 조짐이다.

실험 정신이 필요하다

자신이 지금까지 알고 있는 소설 혹은 시에 대한 모범 답안을 깨기 위한 글쓰기를 시작하라. 소설이 무엇인가는 소설 읽기를 통해서 터득해야 한다. 좋은 소설이 어떤 것인가도, 소설을 어떻게 써야 할 것인가도 소설을 통해서 터득할 일이다.

독창적 자기 세계를 보여 주기 위한 신인다운 실험정신이 필요하다는 것도 빼놓을 수 없다. 이것도 지금까지 알고 있는 소설의 모범 답안을 버리는 일로부터 시작해야 한다.

모든 예술이 그러하듯 문학에도 그 질과 격이 있다는 것의 일깨움. 가벼운 것과 무거운 것이 있고 밝은 것과 어두운 것이 확연히 다른 얼굴로 존재하는 것을 알 필요가 있다. 문학의 질과 격은 그것의 예술성 혹은 문학성이 얼마나 갖춰져 있는가에 의해 판가름 난다.

이외에도 소설은 궁극적으로 인물 탐구이기 때문에 캐릭터 만들기가 무엇보다 중요하다는 것의 강조도 필요하다. 그 캐릭터가 숨쉬는 공간과 사건 서술에 걸맞는 어조(톤) 선택이 작품의 성공 여부를 결정한다는 것도 강조한다.

상투적인 소재나 진부한 주제는 아예 손도 대지 말라. 소재와 내용이 새로워야 글쓰는 신명이 난다. 소재나 내용이 다소 진부한 것이면 그것을 보여 주는 방법이 새로울 필요가 있다. 지금 쓰려는 작품이 새로운 내용이거나 새로운 방법이라는 확신이 서지 않으면 아예 시작하지 말아야 한다.

쓰고 싶은 것을 참는 것도 글쓰기의 한 수련이다. 쓰고 싶은 것을 참는 방법으로 책 읽기를 권한다. 성찰하고 판단하는 준비 과정도 없이 글쓰기에 조급하게 덤벼드는 사람치고 좋은 작품을 만드는 것을 보지 못했기 때문이다.

가끔 쓰고 싶은 욕구를 억누르는 것이 필요하다. 이제 쓰지 않으면 죽을 것 같다는 단계까지 기다렸다가 시작해야 한다. 마른 갯솜이 물을 먹듯 그렇게 글이 술술 풀려나갈 것 같은 시간까지 기다리는 인내가 필요하다.

작가 지망생들은 글쓰기에 앞서 그것에 필요한 요란찬란한 이론 공부를 내게 원한다. 그러나 나는 단호히 그 유혹으로부터 벗어난다.

이론 습득과 어떤 것의 구체적인 훈련은 모처럼 불붙

기 시작한 상상력을 위축시킬 염려가 크다. 특히 소설과 시에 대해서 이론적으로 많이 알고 시작하게 되면 결국은 그것이 상상의 장애 요인이 되고 그 덫에 치이게 되면 평생을 문학병으로 노랗게 시들어 가는 삶을 살아야 한다.

쓰고 싶을 때 자기 맘대로 써야 한다. 선생이 나서서 이렇게 써라 저렇게 써라 하는 것이야말로 창작교실에서는 정말 웃기는 일이다.

"나는 경기장에 나가 골을 넣기엔 너무 늙었다."

한국 축구가 미국 골드컵 예선에서 쿠바에 비기는 졸전을 벌인 뒤 가진 기자회견에서 히딩크 감독이 한 말이다. 득점력 배양은 선수들 스스로가 해결할 수밖에 없는 문제라는 것의 은유적 표현이다. 경기 운영의 창의력 배양은 감독의 몫이지만 선수들의 골 본능만은 자신의 권한 밖이라는 히딩크의 말은 시사하는 바가 크다.

창작교실에서 내가 할 수 있는 일은 학생들의 창작 욕구를 부추기는 일과 그 재능을 스스로 찾아내기, 그리고 글쓰기를 위한 치열성이 있어야 한다는, 원론적인 주문일 뿐이다.

물은 스스로 길을 낸다. 웅덩이를 채웠다가 넘쳐흐를 만큼의 수량이 문제다. 물줄기가 위로 솟구치는 샘물을 발견하는 것은 전적으로 그들의 몫이다. 재능을 찾아내는 것도 그 재능이 창작 에너지로 활활 타오르게 하는 것도 그들이 할 일이다.

좋은 사람, 좋은 글
―소설가 지망생인 제자에게

샘이 깊어야

지금 이 시간쯤 원고지와 씨름을 하고 있을 혜진이를 생각한다. 나는 며칠 전 연구실에 들른 혜진에게 졸업 논문을 빨리 써내라는 것과 소설 쓰기도 게을리해서는 안 된다는 두 가지 주문을 한꺼번에 했었지.

그 두 가지 채근이 혜진이에게 큰 부담이 되리란 것을 모르진 않았지만, 어차피 혜진이 거쳐야 할 과정이기에 그 어떤 것도 게을리해서는 안 된다는 생각을 강조한 것이다.

논문을 쓰는 일과 창작을 하는 일이 얼마나 다른가 하는 것을 혜진이가 이번 기회에 터득하는 것도 중요하다고 본다. 지적인 이해와 논리적 체계를 바탕으로 선학들이 이루어 놓은 자료적 근거를 연구 · 분석하는 것이 논문 쓰기라면, 창작은 다분히 심정적·비논리적 세계를 개연적으로 펼쳐 보이는 가공의 세계 만들기가 아니겠느냐.

즉 창작은 상상력에 의해 창조되는, 보다 나은 세계에 대한 갈망이며 예언이라고 할 수 있다.

혜진이는 요즘 대학을 졸업하는 사람으로서 그 구실을 다 해내야 한다는 강박감 속에 많은 갈등을 겪고 있으리라고 생각한다. 취직을 해 생활인으로서의 능력을 지니고 싶은 욕망과, 아직은 신기루만 같은 문학의 길에 전념하고 싶은 그런 갈등이 혜진이를 괴롭히고 있겠지. 어쩌면 혜진이는 그 두 가지를 한꺼번에 해내고 말겠다는 야심으로 밤잠을 설치고 있을지도 모르겠구나.

아무튼 요즘 혜진이가 겪고 있을 갈등이 지금까지의 그 어떠한 고통이나 회의나 절망보다 심각할 것으로 생각된다. 그러나 그러한 번뇌와 절망 없이 어떤 것을 꿈꾼다는 것은 젊은이로서의 바른 자세가 아니라고 생각한다. 오늘의 자기를 넘어서기 위한 그 갈등을 어떻게 승화시키느냐 하는 것이 보다 큰 것을 꿈꿀 수 있게 하기 때문이지.

그러나 혜진아, 아무리 바빠도 바늘 허리 매어서는 쓰

지 못하는 법이다. 조급하게 서둘러서는 안 된다. 차근차근 마음의 여유를 가지고 시작해야 한다. 특히 문학의 길은 서둔다고 빨리 성취되는 것이 아니다. 소설 몇 편 쓰고 집어치울 생각이 아닌 이상, 작가로서의 역량 축적에 좀 더 신중히 힘을 기울여야 한다.

더욱이 '소설이나 쓰자' 는 식의 문학을 깔본, 막된 생각으로 시작한 문학이 아닌 이상, 그것에 임하는 자세가 보다 진지해야만 한다고 생각한다.

문학도는 문학을 위해 속에 끊임없이 흘러넘치는 샘을 지니고 있어야 한다.

소설가의 '끼'

혜진이가 자신의 소설을 나한테 처음 보여 줬던 2년 전쯤의 그날이 생각나는구나. 혜진이는 그 소설을 통해 자신에게 소설을 쓸 수 있는 재능이 있는가를 확인하고 싶어했지. 혜진이뿐만 아니라 소설을 쓰려는 사람은 모두 자신에게 그런 재능이 있는가를 알고 싶어한다.

그러나 글을 쓰겠다는 사람에게 그 재능이 있고 없음을 단정지어 말한다는 것은 그렇게 쉽지 않다. 내 말 한 마디로 인생 항로를 결정짓겠다는 비장한 각오이고 보면 대답이 더욱 어려울 수밖에 없다. 그런 경우 내가 할 수 있는 말이란, 그가 내게 가지고 온 작품을 읽기 전에, 문학적 재능이란 그렇게 쉽게 판별될 수 있는 성질의 것이 아니라는 것을 일러 주는 일이다.

　실상 작품을 여러 해 써 온 나 역시 늘 부딪치는 불만이, 내게 문학적 재능이 부족한 것이 아닐까 하는 생각에 괴로워해야 한다는 사실이다. 어디 나뿐이겠느냐. 작가들 대부분은 작품이 잘 안 쓰여질 때마다 자신에게 소설 쓰는 재능이 없다는 절망감에 시달린다. 그러나 그런 절망이야말로 그 작가로 하여금 좋은 작품을 쓸 수 있게 자극하는 에너지라고 할 수 있다.

　하지만 나는 그때 네가 써 온 작품을 읽고 나서, 혜진에게는 작가가 될 재능이 있음을 분명히 말해 주었던 것으로 기억한다.

　문학의 일차적인 재료가 언어라는 것을 생각했을 때, 혜진이에게는 소설에 필요한 남다른 언어 구사 능력이 있음을 발견했기 때문이다. 아무리 좋은 소재나, 그 소재를 통해 구현하고자 하는 어떤 기막힌 의도가 있다고 하더라도, 그것의 형상화는 결국 그가 선택하여 구사하는 언어에 의해서만 가능하다.

　혜진이의 작품을 통해 어렴풋이나마 확인된 또 한 가지는, 사물을 보는 혜진의 시각이 예사롭지 않다는 사실이었다.

작가가 되기 위해서는 인생을 보는 눈이 남달라야 한다. 남들과 똑같이 보고 똑같이 생각한 글이 읽는 이를 사로잡을 수는 없는 것이다. 뭔가 새로운 각도의 인식, 새로운 해석, 독창적 발상법, 신선한 상징과 암시만이 독자에게 울림을 줄 수 있기 때문이다.

그 외에 발견한 또 한 가지가 있다면, 혜진에게는 작가적 능청스러움이 있다는 사실이었다. 늘 얘기한 것이지만 소설은 거짓 이야기이다. 남을 속이기 위해 의도적으로 만들어 낸 것, 누가 뭐라 해도 소설은 독자를 감쪽같이 속이기 위해 꾸며 낸 이야기라는 것을 그것을 쓰는 사람 스스로가 믿어야 한다. 그러나 그 거짓말은 허위가 아니며 비사실은 더욱 아닌, 참말 그 이상을 내포한 또 다른 진실이라는 사실이다. 이것이 바로 소설의 진실성이라는 것이다.

소설 쓰는 사람은 어떤 악의가 있어야 한다. 어떤 사실을 뒤집어엎으려는 모종의 음모 말이다. 그러나 그 악의와 음모는 인간을 해치기 위한 것이 아니라 인간이 잘못 알고 있는 어떤 생각, 어떤 규범을 뒤집어엎거나 다른 각도로 휘어 보이기 위한 부정의 정신이다. 그 부정의 기미를 독자가 눈치채지 않도록 시치미 떼기를 역시 잘해야 한다. 감쪽같이, 능청스럽게.

혜진아, 너는 네게 문학적 재능이 있다는 것을 확인한 것만으로 작가가 될 수 있으리라는 생각을 버려야 한다. 재능이 있다고 다 작가가 되는 것이 아니기 때문이다. 재능보다 더 중요한 것은 그 재능을 살리기 위한 치열성이다. 문학적 재능이 소설의 형상화에 결정적 역할을 하는 것만은 틀림이 없지만, 그 반대로 그 재능이 문학에 필요한 끈기와 집념을 방해하는 요인이 된다는 것을 잊어서는 안 된다. 재능은 하고자 하는 일에 집중할 수 있는 응집력으로 작용하기보다, 빙자한 자만으로 산만한 결과를 낳기 쉽기 때문이다.

진정한 의미의 문학적 재능은 쓰지 않고는 못 견디는, 그리고 한 번 시작한 일은 철저하게 달라붙어 끝장을 보는 그런 치열성에 있다고 본다. 즉 소설을 쓰려는 끈질긴 근성이 곧 문학적 재능이라고 봐도 좋을 것이다.

재미있어서 하는 일

혜진아, 나는 네가 소설 쓰는 일이 제대로 되지 않아 절망하고 있는 모습을 발견할 때마다, 내가 네 나이 때 문학을 통해 좌절을 맛보았던 그 아픔이 살아나는 것만 같았다.

문학의 길에는 분명한 것이 하나도 없다. '이것이다' 하고 만져지지 않는 것이 문학이다. 그냥 아득할 뿐, 길은 있지만 언제나 제자리를 맴돌고 있다는 한계 인식이 혜진이를 괴롭히고 있을 게 분명하다. 특히 문학은 그것을 읽는 독자와 작가 사이에 나눠 가져야 할 어떤 아늑한 터가 있어야 하는데 자신이 만들어 놓은 빈터에는 언제나 바람만 황량하게 스치고 있다는 공허와 싸워야 하는 그 단절감 또한 견디기 어려울 것이다.

어느 예술이고 안 그런 것이 없겠지만, 소설 쓰기는 더욱 자기와의 싸움에서 피를 많이 흘려야 된다는 사실을 잊어서는 안 된다. 문학의 길에서 분명한 것이 하나 있다면 바로 그러한 공허와 절망이 아닐까 싶다.

물론 그러한 공허와 절망 뒤에는 그것에 값하는 즐거움이 따르게 마련이다. 어떤 절실한 욕구에 의해 시작한 소설 쓰기는 그만한 가치를 가진다고 봐도 좋을 얘기다. 다시 말하면 혜진이가 소설 쓰기를 자신의 생명 현상처럼 절실한 것으로 생각한다면 그것에 값할 만한 즐거움을 반드시 얻을 수 있다는 얘기다.

무엇을 쓸 것인가 고민하는 시간에서부터 그것이 구상되는 과정과 집필의 그 고통스러운 노동까지도 그것을 만드는 즐거움에 비하면 정말 아무것도 아니다. 그것을 감히 창조의 기쁨이라고 해도 큰 과장은 아닐 터이다.

혜진아, 너는 언젠가 세미나 시간에 "우리가 이렇게 어렵게 쓰는 소설이 도대체 무엇을 할 수 있느냐."고, 소설의 효용성에 대한 회의를 말한 적이 있었지. 아마 지금쯤 혜진은 그 물음에 대한 답을 자신 속에서 충분히 찾았으리라.

혜진아, 소설이 무엇을 할 수 있다는 생각보다, 그것을 쓰는 일이 어떤 것인가가 더 중요한 것이 아닌가 싶구나. 너도 알겠지만, 작가들은 다른 어떤 일보다 소설 쓰는 일을 통해서 재미를 느끼고 있는 사람들이다. 그 재미, 곧 작품을 쓰는 그 행위가 작가들의 영혼을 구제하고 있다는 말이다.

문학은 자기 구제로부터 시작해야 한다. 그것이 정직한 문학의 길이다. 소설을 쓰는 사람은 그 쓰는 행위가 그 사람 자신의 삶을 지배할 수 있을 때만이 비로소 그 가치를 지닐 수 있다고 생각한다.

문학을 통해서 자기 구제의 길이 열렸다고 생각했을 때, 자신이 몸담아 살고 있는 현실과 그 현실 속의 여러 문제를 생각해도 늦지 않을 것이다. 문학은 궁극적으로 현실을 떠나서는 있을 수 없지만 현실 그 자체를 위해서 있는 것이 아니기 때문이다.

문학의 모든 것은 그것을 쓰는 사람으로부터 시작해야 한다. 문학은 개체 체험을 보편성을 가진 공적인 것으로 만드는 그 만들기의 미학에 우선권을 주어야 한다.

즉 문학이 무엇을 할 수 있다기보다, 만드는 사람의 그 즐거움의 방향이 어느 쪽에 쏠리고 있는가가 문제이다. 자기가 만드는 세계가 다른 사람에게 어떤 즐거움을 안겨 줄 것인가를 생각하게 되는 것도 그 때문이다.

계속되어야 할 물음

이러할 때 작가는 왜 쓰려고 하는가 하는 반성을 할 필요가 있다. 참된 문학은 왜 쓰는가 하는 물음 속에서 나온다고 믿고 싶다. 그런 뜻에서 문학은 반성의 한 형태라고 생각해도 좋을 것이다.

작가 지망생인 혜진이에게도 왜 쓰는가, 왜 하고 많은 중에서 하필 작가가 되려고 하는가 하는 물음이 수도 없이 일어나고 있을 게 분명하다. 이러한 물음은 자기가 하려는 일에 대한 의미 부여이며, 자신이 하고자 하는 일에 대한 젊은이다운 도전적 자세일 것이다.

왜 사는가, 무엇을 위해 살아야 하는가, 어떻게 살아야 하는가—우리의 삶은 이러한 물음 속에서 자못 진지해지고 발전해 나가듯 소설 쓰는 일도, 왜 써야 하는가, 무엇을 쓸 것인가, 어떻게 쓸 것인가를 끊임없이 묻고 스스로 대답을 하는 가운데 참 문학의 길이 열릴 것이다.

혜진이도 이러한 반성의 물음을 고문하듯 계속하다 보면 어느 날 문득 작가가 돼 있는 자신을 발견하게 될 것이다.

혜진아, 네가 소설을 쓰지 않으면 안 될 어떤 절실한 것을 찾도록 노력해야 한다. 무엇을 쓸 것인가를 생각할 단계에 와 있다는 말이다. 대답은 간단하다. 네가 가장 잘 알고 있는 것, 가장 절실한 것을 써야 한다. 멀리 다른 데서 찾을 것이 아니라, 바로 자신 안에서 그 절실함을 뻑적지근하게 체득할 수 있을 때 너는 좋은 작가가 될 수 있을 것이다.

쓰고 싶은 욕구를 억누르는 일도 좋은 소설 공부라 생각한다. 별것도 없는 바닥을 박박 긁어 대기보다 넉넉히 채워져 흘러넘치는 그것을 받아 내는 기쁨을 위해 참고 기다리는 것도 중요하다. 쓰는 일보다 남들이 쓴 좋은 작품을 찾아 읽는 일에 힘쓰라는 얘기다. 어떻게 쓸 것인가 하는 소설 쓰는 방법이 남들의 좋은 작품 속에 모두 들어 있음을 알아야 한다.

이런 소설가

덧붙일 말이 하나 더 있다. 작가가 되기 전에 사람이 돼야 한다는 말이다. 문학을 하는 사람들은 대체로 개성이 뚜렷하기 때문에 좀 별난 구석을 보일 수도 있다.

그러나 그 별남은 자칫 남에게 혐오감을 줄 수도 있고, 또한 오만과 독선으로 보여 그가 신봉하는 문학 자체에 대한 신뢰마저 잃어버리게 하는 경우가 있다. 소설이 결국 사람을 다루는 이야기일진대, 그것을 쓰는 사람 스스로가 사회적 균형감을 잃었을 때는 그 작품 속의 인물도 한낱 괴기스러운 별종으로밖에 이해되지 못할 수 있다. 개성은 참 좋은 것이다. 그러나 그것 역시 '좋은 사람'의 뜻 속에 포함되는 것이지, 결코 그것을 일그러뜨리거나 일탈한 범위의 것은 아니다. 좋은 사람이 좋은 글을 쓴다.

혜진아, 이왕 뽑은 칼, 다시 칼집에 꽂아 녹슬게 할 것이 아니라 좀 더 치열하게 숫돌에 문질러 날을 세우도록 해라. 끝으로, 작가 황순원 선생님의 말씀 한마디를 보탠다.

"대패질을 하는 시간보다 대팻날을 가는 시간이 더 길 수도 있다."

글쓰기의 즐거움을 찾아서

내가 좋아서 선택한 글쓰기가 즐겁지 않다면 그것은 불행한 일일 것입니다. 그런 면에서 저는 행복합니다. 글쓰는 일이 즐겁기 때문이지요. 즐겁지 않았다면 이제껏 긴 시간 동안 글쓰기를 계속해 오지 못했을 것이라는 생각을 합니다. 글쓰는 일이 즐겁다고 말하는 일은 작가로서 독자들에게 가장 정직한 모습을 보이는 것이지요.

신춘문예라는 어려운 관문을 통과한 어떤 분은 그 당선소감을 통해 글쓰기가 이처럼 고통스러웠다는 것을 구구절절 늘어놓고 있었습니다. 철철 피를 흘리고 생명을 깎아 내는 것 같은 엄청난 고통을 감수했기에 오늘 같은 영광이 있다는 얘기였지요. 등단의 과정이 그처럼 고통스러웠다는 것으로 이해는 되지만 그 문맥은 어디까지나 글쓰기의 고통으로 전해졌던 것이지요. 고통을 통해서 즐거움으로 들어갔을 뿐이지, 글쓰기 자체가 고통스럽다고 말하는 것은 정직한 표현이 아니라는 생각 때문이지요. 작은 글쓰기에서부터 큰 글쓰기, 전문적인 글쓰기나 아마추어적인 것에 이르기까지 그것이 즐겁지 않다면 더 이상 쓰는 일을 그만두라고 충고하고 싶습니다.

글쓰기는 고통을 통해 즐거움으로 가는 것

나는 문학을 공부하는 분들에게도 가끔 이런 얘기를 합니다. 왜 글쓰기의 고통스러움을 남들한테 내보이는가. 자기가 하는 글쓰기가 고통스럽고 힘들다는 것을 남들이 알아주기를 기대하지 말라. 이렇게 귀중하고 어려운 글쓰기를 하는 자기 내면의 수고를 남들한테 내보이는 일만큼 어리석은 일이 없다고 생각합니다.

물론 글쓰기가 쉽지는 않습니다. 문제는 글쓰기의 어려움과 그 고통을 토로하는 사람들의 정신 자세가 잘못되었다는 것이지요. 그 표현을 자주 하는 사람을 보면 저 사람은 글을 쓰지 않았으면 좋겠다는 생각까지 합니다. 자기 안에 독하게 품고 있어야 할 것을 함부로 발설하는 그 가벼움에 대한 불만 같은 것이지요. 글쓰기가 즐겁다는 것을 항상 얼굴에 내비치며, 또 실제로 글쓰는 일이 주저 없이 즐겁다고 말하는 사람만이 진정으로 글을 써 나가는 과정의 절망과 고통스러움을 알고 있으리란 생각 때문입니다.

문인들이 모이는 자리에 가 보면 자신들이 겪는 글쓰기의 고통스러움에 대해서, 이론적인 무장까지 해 가며 드러내 보이고자 애쓰는 이들을 봅니다. 하지만 그런 일들은 글쓰기의 본질을 망각한 부질없는 일이라고 봅니다. 모름지기 제대로 된 글쟁이라면 "나는 글쓰기를 통해서 구원받고 있다. 글쓰기는 즐겁다."라고 말한다는 것이지요. 그런 작가·시인은 글쓰기의 진짜 고통을 자기가 쓰는 글의 형상화에 쏟아붓느라 말로 고통을 호소할 여유가 없다는 것입니다.

나는 가끔 '왜 쓰는가?' 하는 물음을 내 자신에게 던지곤 합니다. 내가 즐기고 있는 이 일의 정체에 대한 물음인 것이지요. 이 물음이 반성처럼, 혹은 고문처럼 이루어질 때 비로소 내가 선택한 글쓰기에 의미가 부여되고 그 당위를 확인하게 됩니다.

쓴다는 일에 대해서 그저 당연한 것으로 여기고 넘어갈 것이 아니라, 가끔은 이렇게 스스로에게 물어볼 필요가 있습니다. 그럴 때마다 내가 내놓은 대답은 한결 같습니다. '즐거우니까 쓴다.' 그것입니다. 나한테는 글쓰는 일보다 더 즐거운 일이 없다는 것이지요. 어떤 일에 대해서 일이 안 풀리고 열등감을 느끼다가도, 글쓰기에 몰두하다 보면 이 일이 내게 잘 맞는다는 생각이 드는데 그것이 바로 즐거움이고 구원인 것이지요.

원래 열등감 체질이었던 나로서는 글쓰기가 아니었더라면 그 열등감으로 하여 내가 가진 모든 것이 찌그러지고 형편없이 망가졌을지도 모릅니다. 다행히도 글쓰기가 내 인생의 목표로 선택되면서, 그 열등감이 작으나마 창조적인 에너지로 빛을 보게 된 게 아닌가 생각됩니다.

사람은 자기의 모든 것이 하나도 찌그러지지 않은 완전한 원이기를 바라는데 그 어느 한 곳이 찌그러져 있다는 것을 알고 느끼게 되는 감정이 열등감이지요. 나보다 그것이 더 많이 찌그러져 있는데도 그것을 느끼지 못하는 사람도 있습니다. 그런 사람들이 참 부럽습니다. 아무 고민도 없이 행복하게 사는 것 같기 때문이지요. 그런데 나 같은 경우는 그 찌그러진 것이 그 사람들보다 별것 아닌데도 죽고 싶다는 충동까지 느끼고 있으니 그게 문제가 아닙니까.

열등감은 감수성의 하나입니다. 열등감이 많다는 것

은 그만큼 감수성이 예민하다는 것으로 생각할 수 있을 것입니다. 감수성이 예민한 사람이 시를 쓰고 소설을 쓰는 것이지요. 열등감 체질이 곧 예술가를 만든다는 얘기가 될 수도 있을 것입니다.

열등감은 신체적인 것, 환경적인 것, 자기의 능력과 관련된 것 등으로 나누어 생각할 수 있습니다. 내 경우는 우선 신체적인 열등감에 많이 시달렸습니다. 지금 생각하면 아무것도 아니지만 초등학교에 다닐 때에는 다른 아이들보다 키가 커서 맨 뒤가 아니면 뒤에서 두 번째 자리에 선다는 것이 그렇게 싫었습니다. 나보다 키가 큰 아이가 전학을 오면 그렇게 좋을 수가 없었습니다. 살맛이 나고 학교 가기가 그렇게 즐거울 수가 없었지요. 살갗이 다른 아이들보다 흰 것도 내 열등감의 하나였지요. 강에서 미역을 감을 때 다른 아이들은 살갗이 거무튀튀하고 건강하게 보이는데 나는 늘 하얗고 여려 보여 그것이 그렇게 창피할 수가 없었습니다. 이렇듯 열등감이라는 것은 느끼는 사람으로서는 심각하지만, 그것을 느끼지 않는 사람에게는 아무 문제도 없다는 것입니다.

우리 나이 때는 전쟁도 치르고 하느라 가정들이 다 빈곤했습니다. 그런데도 유독 우리 집만 가난하다고 느끼는 겁니다. 나는 가난에 대한 열등감이 다른 아이들보다 유달리 강했습니다. 월사금을 단 한 번도 거르지 않고 냈는데도 불구하고 월사금을 몇 달씩 못 낸 아이들보다 더 우리 집 가난을 부끄러워하며 살았다는 것이지요. 다른 애들은 마감 기한이 한 달이 지나 매도 맞고 교실에서 쫓겨나기도 하면서도 아무렇지 않은 겁니다. 그런데도 나는 그 애들보다도 더 가난에 치를 떨었던 기억이 생생합니다. 왜 우리는 이렇게 가난하게 살아야 하는 것인가. 아버지가 저처럼 열심히 일을 하는 데 비해서 벌어 오는 돈이 적다는 데 대해 이해가 안 되었습니다. 그러한 열등감은 자연히 세상에 대한 불만으로 바뀌어 가게 마련이었습니다. 세상 혐오증에 시달린 것도 그때였을 것입니다.

열등감 체질은 혼자 있는 시간을 좋아하게 마련입니다. 혼자 있는 시간이 많다 보니 생각도 많이 하게 되고 책을 읽는 기회도 많아지게 되었던 것이지요. 감수성이 가장 예민한 중·고등학생 시절에 책을 많이 읽게 된 것은 온전히 내가 열등감 체질이었기 때문일 것입니다.

중학교 때 양주동 선생의 독서 얘기에 나오는 말처럼 그야말로 독서를 통한 발견의 기쁨을 맛보게 되었던 것이지요. 마른 솜이 물을 먹듯 책읽기에 열중한 것입니다. 서서히 단계적으로 거쳐야 할 유소년기를 건너뛰어 갑자기 애늙은이가 된 것도 책읽기 때문이었을 겁니다. 나는 읍내에 하나뿐인 서점의 단골이었습니다. 하교 때나 일요일 같은 날 그 서점 한구석을 차지하고 서서 주인의 눈총과 갖은 구박을 모른 척 오직 책 읽기에 열중하는 단골이었습니다. 읽던 책 페이지를 기억해 놓고 다음 날 다시 가 보면 그 책이 거기 없었습니다. 내 키가 닿지 않는 높은 곳에 그 책이 꽂혀 있었기 때문이지요. 그러나 나는 안면몰수하고 의자까지 끌어다 그것을 내려 읽었습니다.

내가 돈을 내고 내 책을 처음 산 것은 중학교 2학년을 마친 어느 겨울날이었습니다. 정비석 선생이 쓴 『홍길동전』이었는데 책을 산 즉시 서점 옆 골목의 담벼락에 기대 그것을 읽다가 서점 주인의 여동생한테 도둑으로 몰려 목덜미를 잡힌 채 질질 끌려가는 일이 생긴 것입니다. 내가 책도둑이 아니란 것이 밝혀졌는데도 서점 주인이나 그 여동생은 어린 내게 사과 한마디 없었지요. 그때 나는 참 많이 분하고 서러웠습니다. 그때 감정이 얼마나 강렬했으면 지금도 그때 솔직하지 못한 어른들을 증오하던 그 기분이 이렇게 생생할까요.

그러나 나는 다음 날 다시 그 서점에 가 책을 읽기 시작했지요. 책 읽는 즐거움이 그만큼 컸다는 것이지요. 내가 그때 책읽기의 즐거움을 몰랐다면 나는 커서 문제 어른이 되었을 것이 분명합니다. 그런 의미에서 책 읽기의 즐거움은 열등감 체질의 내게 구원일 수밖에 없었던 것입니다.

백일장에 물먹고 공지천 가에 앉아

시골 중학교 촌놈이 조금 큰 도시의 고등학교 학생이 되자 새로운 것이 많이 눈에 띄었습니다. 문예반에 들어간 것도 그 세계의 호기심 때문이었을 것입니다. 더 솔직히 말해 어떤 소속감을 갖기 위해서였습니다. 중학교 때 책을 조금 읽긴 했어도 문학이 뭔지 전혀 알지 못한 상태에서 문예반에 들어간 것은 담임선생님이 문예반을 맡고 계셨기 때문일 것입니다.

그때 막 등단하신 시인 이희철 선생님이 수업을 하는 도중 창밖을 멍하게 내다보는 모습이 그렇게 멋있게 보였던 것이지요. 아하, 시인은 저렇게 멋있게 보일 수도 있구나 하는 생각이 문예반을 선택하게 되었을 것입니다.

문예반에는 시골 촌놈인 나와는 비교도 안 되게 조숙한, 이미 마빡에 피가 마른 별난 놈들이 많았지요. 책을 좀 읽긴 했지만 형편없이 얼뜬 나와는 달리 그 아이들은 이미 문학병이 노랗게 들어 있더라 그겁니다. 나는 그 아이들에게 매료되어 치기를 수놓는 문학적 방종을 시작했습니다. 막소주를 양동이에 받아 놓고 풀빵을 안주 삼아 냉수 마시듯 퍼마신 뒤 고성방가하며 시내 뒷골목을 헤맸던 것이지요.

문학을 빙자해서 그렇게 어울리는 어느 날 내 존재가 한없이 왜소해지는, 어떤 일깨움의 사건이 일어났지요. 잠깐 나를 떠나 있던 열등감이 정면으로 내 정수리를 내려친 것이지요.

그때는 중·고등학생들이 참가하는 백일장이 꽤 많았습니다. 문예반 선생님은 우리 문예반 애들을 서너 번 백일장에 내보냈지만 기분 나쁘게도 나는 백일장에서 단 한 번도 입상을 못했다는 사실입니다. 그 흔한 장려상도 한 장 못 탔지요. 남의 글만 열심히 읽었지 내 글쓰기의 즐거움을 제대로 알지 못했기 때문인지도 모르지요. 백일장에 입상 못한 건 내게 글재주가 없으니까 그런 거라고 덤덤히 받아들이긴 했어도 그 일이 나를 꽤 의기소침하게 했던 것은 어쩔 수 없는 일이었지요.

그날도 백일장에 나가기로 돼 있는 우리 문예반원들은 다른 아이들이 교실에서 공부를 하는 시간 교무실

앞에 모여 선택받았다는 느낌 속에 희희낙락하며 선생님이 나오기를 기다리고 있었지요. 잠시 후 교무실에서 나온 선생님이 나를 비롯한 다섯 명 정도의 아이들 이름을 불러 따로 세웠습니다. 그동안 백일장에 나가 단 한 번도 입상을 하지 못한 네놈들은 교실에 들어가 수업이나 받으라는 것이었지요. 선택받은 아이들은 열외로 밀려난 우리를 향해 손을 흔들며 교문을 나가고 있었어요.

그때 나는 참 비참했습니다. 나처럼 열외로 밀려난 다른 아이들은 교실로 올라가는 대신 학교 울타리의 개구멍을 통해 빠져나간 뒤 서로 얼굴도 마주치지 않은 채 뿔뿔이 흩어지더군요. 나 역시 그 개구멍을 통해 학교를 빠져나와 소양강변 공지천으로 터벌터벌 걸어갔다 그겁니다.

공지천에 가서 흐르는 물을 내려다보고 앉았으려니 느닷없이 울음이 터지더군요. 형언하기 어려운 비애의 울음이었지요. 그것은 한낱 백일장에 나가지 못했다는 그 열패감을 넘어서는 어떤 내 근원 어디엔가 고여 있던 서러움 같은 것이었어요. 나는 봄날의 그 햇볕 속에서 열아홉 그 나이에 느낄 수 있는 인생의 커다란 비애를 만끽하고 있었던 것입니다. 그때 내가 신앙을 가진 사람이었다면 그 엄청난 덩어리로 밀려드는 비애를 성령의 역사쯤으로 받아들였을 것이 분명합니다.

그 비애의 봄날 나는 철길을 따라 걷다가 또다시 주저앉아 울었지요. 그 눈물 속에서 문득 그것을 보았던 것입니다. 철길 밑에 있는 두어 개 움집입니다. 그것은 하나의 놀라운 발견이었습니다. 내가 그때까지 단 한 번도 관심을 두지 못했던 또 다른 삶이 거기 숨쉬고 있었기 때문입니다. 책가방을 둘러맨 어린아이 하나가 그 움막 속으로 들어가는 것을 본 것이지요. 그리고 조금 있다가 그 아이와 함께 얼굴이 일그러진 문둥병 환자가 하나 나와 볕쪼임을 하는 겁니다. 그 부자를 본 순간 나는 이제까지의 비애를 황급히 걷어 내지 않을 수 없었지요.

그 며칠 뒤 나는 그 문둥이네 얘기를 머리 속에서 상상으로 만들어 내기 시작했지요. 60장 분량의 소설을 만들어 문예반 선생님 몰래 학원사의 제6회 〈학원문학상〉에 응모했지요. 운이 좋았지요. 내가 처음으로 쓴 소설 「산에 오른 아이」가 학원문학상에 응모한 고등학교 학생부 작품 340편 중에서 3등으로 입상한 겁니다. 그때 조해일, 황석영, 양문길 작가 등이 함께 입상했던 것으로 기억합니다.

백일장 참가 대열에서 밀려난 그 열패감은 그것으로 충분히 보상받은 셈이었지요. 그 일을 계기로 나는 작가로서의 길을 선택하기로 작심하게 되었겠지요. 글쓰기의 즐거움이 열등감을 어떻게 내팽개치는가를 체험했기 때문이지요.

자기가 남보다 못났다고 생각하는 감정은 강한 자존심을 동반하면서 그것을 극복하려는 여러 가지 징후를 드러내는 법이지요. 약한 사람이 허세 부리듯 혹은 저능아가 외고집장이가 되는 것처럼 열등감을 보상받기 위한 방법으로 어떤 출구를 찾게 마련이라는 것이지요. 그것은 다소의 공격성을 띠면서 맹렬히 타오르지요. 열등감이 어느 순간 창조 에너지로 바뀌면서 사람들은 비로소 새로이 태어나는 것을 느끼게 됩니다. 즉 열등 에너지는 자기 자신의 온전한 부분까지 모두 써 버리게 할 수도 있지만 반대로 그 열등한 부분을 잘 다스리면 놀라운 에너지가 발생된다는 얘깁니다.

성공했다는 사람들의 자서전이나 전기야말로 자신의 열등감 인식 과정과 그것의 극복 과정을 보여 주는 기록이라는 것을 확인하기 어렵지 않을 것입니다. 열등감을 감추기 위한 보호막으로서의 출구 찾기가 결국은 창조 정신으로 이어진다는 것의 확인인 셈이지요.

문학의 첫걸음은 정확한 문장과 풍부한 어휘

문제는 작가가 되려는 나에게 어휘력과 문장력이 형편없다는, 치명적인 열등감에서 벗어나기 어려웠다는 것입니다. 실제로 나는 말을 할 때 어휘력이 많이 부족하고 말의 조리가 잘 안 선다는 것을 어렸을 때부터 알고 있었습니다.

나한테 어휘력이 부족하고 문장력이 없다는 것을 결정적으로 일깨워 준 두 분이 계십니다. 앞에서 얘기한 고등학교 때 문예반 선생님과 대학교 때의 은사 황순원 선생님이었지요. 문예반 선생님은 과제로 내가 써낸 글에다 밑줄까지 그어 놓고 너는 낱말도 제대로 알지 못한 상태에서 글을 썼다며 심하게 나무라셨지요. 지금도 기억하는 것은, 내 글 중 '그는 황혼에 긴 그림자를 끌면서 강둑을 걸어가고 있었다.' 라는 표현이 있는데 〈황혼〉에 뭔 그림자가 생기느냐고, 정확한 어휘 구사가 필요하다는 것을 역설하셨지요. 「산에 오른 아이」란 작은 소설을 쓸 때 이를 악물고 생각한 것이 선생님이 지적하신 어휘력 없다는 말이었지요.

내가 대학에 들어와 처음으로 쓴 소설 한 편을 황순원 선생님께 건넨 것은 2학년 가을쯤이었습니다. 한 달이 좀 더 지난 어느 날 나는 선생님으로부터 그 소설을 돌

려받았지요. "잘 썼드구만." 작품을 건네주시며 하신 이 한마디로 나는 하늘을 얻은 기분이었습니다. 그러나 자취방에 돌아와 흥분된 상태에서 원고를 펼쳐본 나는 정말 부끄러웠습니다. 원고 곳곳이 선생님의 연필 글씨로 고쳐져 있었던 것입니다. 주술관계가 맞지 않는 문장은 줄이 쳐 있었고 적절치 않은 낱말 하나하나가 지적된 뒤 모두 다른 말로 고쳐져 있었던 것입니다. 내 문장이나 어휘력이 형편없다는 것을 다시 한 번 크게 일깨워 주신 사건이었지요.

작가가 된 뒤에도 이 열등감은 여전했습니다. 작가로서 내게 가장 열등한 부분이 어휘력 부족과 문장 구사력이라는 생각은 쓰는 일에 대한 절망을 안겨 주곤 했지요. 모처럼 구상된 이야기가 원고지만 펴놓으면 캄캄 막혀 버리는 겁니다. 막상 쓰는 일에 몰입하고도 뜻대로의 문장 구사가 되지 않아 파지를 수없이 낼 수밖에 없었지요. 마음에 드는 문장을 만들기 위해 다시 고쳐쓰는 작업을 할 때마다 단 한 장의 파지도 없이 술술 끝까지 글을 써 완성한다는 귀재연하는 동료작가들에게 기가 죽곤 했지요. 그렇게 기가 죽은 상태에서 오기처럼 뻗쳐나는 생각이 있었지요. 별 어려움이 없이 대번에 술술 써낸다는 그 작가의 문장은 그런 유의 낮은 독자일 것이고 내가 만나려고 하는 독자는 보다 격이 다르다는 생각이었지요.

나보다 한 수 위에 있는 독자들을 위해서 나는 최선을 다하고 있다는 생각이 어휘력과 문장력에 대한 열등감을 어느 정도 극복케 했지요. 나중에 확인해 보니까 다른 작가들도 사실은 다 나만큼 고투하는 가운데 자신의 문장이 만들어지고 있음을 확인할 수 있었지요. 조세희 작가가 단 한 문장을 위해 하룻밤을 새우기도 한다는 말이 시사하는 것은 매우 크다고 하겠습니다.

적절한 어휘를 찾기 위해 국어사전 등을 뒤지는 과정에 터득한 것은 내가 보다 좋은 어휘를 찾아 쓰는 〈언어 다루는〉 그 일을 즐기고 있다는 것이었지요. 일종의 장인정신, 그 신명이 바로 거기에서 비롯된다는 일깨움이었던 것입니다. 언어의 조탁, 혹은 문장 구문에 대한 긴장이야말로 내가 글을 쓰는 즐거움의 빼놓을 수 없는 부분이라는 확신 같은 것이었지요. 어떻든 적절한 어휘를 찾고 그것을 구사하는 과정의 그 고통스러운 작업이 내가 선택한 문학의 길에서 없어서는 안 될 아주 중요한 부분이라는 그 평범한 진리를 신봉하다 보니 나는 어느 날 비교적 정확한 문장, 풍부한 어휘 구사를 하는 작가라는, 내 열등함이 내 문학의 특장(特長)으로 인정을 받기에 이를 수 있었다는 것입니다.

그러나 나는 스타일리스트가 아닙니다. 나의 열등한 부분을 극복하는 과정에 터득한, 언어가 모든 것을 해준다는, 언어에 대한 작가로서의 신뢰와 그 경외심을 중시할 뿐 결코 언어 구사 자체의 재미에 탐닉한 것은 아니라는 것이지요. 이것은 내 문학을 이루는 그 방법을 사랑하는 것이지 그 방법 자체에 내가 매어 있지는 않다는 것이지요.

어떻든 어휘 혹은 문장에 대한 내 관심은 내 나름의 스타일을 갖기 위한 노력으로 이해해도 좋을 것입니다. 나는 좀 더 함축적이면서 긴장감 있는 문체를 좋아합니다. 때로 시적 분위기를 자아내는, 산문 문장이 수용할 수 있는 최대한의 음악적인 율조도 생각합니다. 신념의 투사를 가능케 하는 의지적인 문체를 구사하고 싶다는 욕심도 큽니다. 가능하면 작품마다 그 작품의 분위기가 필요로 하는 문체를 구사하고 싶습니다. 실제로 내 나름으로는 각 작품의 배경이나 이야기 구조에 따라 호흡을 달리해 왔다고 생각하지만 그 결과는 별로더군요. 어떻든 그 한 예로 연작 장편 『길』의 경우 여섯 편의 중·단편의 문장을 의도적으로 달리하려고 노력한 작품이지요. 독자들이 그 즐거움을 알아주지 않아도 작가는 글쓰기의 신명을 그런 것을 통해 얻어 낸다 그런 얘기지요.

나는 우리말 부사어 중에서 의성·의태어 등의 첩어 활용에 재미를 느낍니다. 특히 소리와 모양을 흉내 내는 말들은 작가가 얼마든지 만들어 써도 좋다는 생각에서 등단작품 「동행」에서 모음 없이 쓸 수 있는 웃음소리를 시각화시키는 즐거움을 찾기도 했습니다. 헤헤, 후후, 흐흐, 쿡쿡 등과 다른, 다소 자학적인 음울한 이미지의 웃음소리 ㅎㅎㅎ, ㅎㅎ을 발상한 것이 바로 그것이지요.

나뿐이 아니라 모든 작가는 되도록 정확한 문장, 좋은 문장을 쓰기 위해 노력합니다. 그러나 좋은 문장이 꼭 기존 문법에 맞는 문장을 의미하지는 않습니다. 어쩌면 기존의 문법을 충실히 지키는 동시에 부단히 그것을 깨려는 시도의 참신한 어휘 구사나 좀 독특한 구문 만들기가 문학에 있어 필요한 정확하고 좋은 문장이 될 것입니다. 정확한 문장보다 더 필요한 것은 내 목소리, 내 말투로 하고 싶은 말을 보다 실감나게 표현하는 작가 고유의 스타일 갖기라고 하겠습니다.

상상하는 즐거움

다음은 글쓰기의 핵이라고 할 수 있는 상상에 대해서 얘기하고 싶습니다.

문학은 전적으로 상상의 산물입니다. 상상은 관념적인 것을 구체화하는 힘이지요. 즉 어떤 사물을 가지고 하나의 의미 있는 형상을 만든다는 것입니다. 상상은 기억을 재료로 하기 때문에 현실 생활에서 어떤 사물과 만났을 때 잠자고 있던 그것이 불현듯 피어오르게 됩니다. 그러나 단순한 경험의 재현은 진정한 의미의 상상이 아니라 그저 기억을 살려 내는 정도밖에 안 됩니다. 예술에서 필요로 하는 상상은 그 기억이 현실의 어떤 사물을 꼬투리로 해서 새로이 뭔가를 형성해 내는 힘이어야 한다는 것이지요.

고등학교 시절 문예활동을 함께하는 친구 하나가 환갑이 다 되어 소설 하나를 썼습니다. 읽어 보니 어린 시절 문학적 재능도 상당하던 친구라 내용도 좋고 문장도 괜찮은데 결정적인 흠이 과거 체험의 서술에 끝나고 말았다는 아쉬움이었지요. 유년 시절의 그 각인된 체험들이 상상의 힘에 의해 형상화되지 못했다는 얘기입니다. 솔직히 말해 소설은 어차피 거짓말이고 과장이게 마련인데 바로 그 부분을 소홀히 했다는 것이지요. 상상하는 즐거움이 따르지 못했기 때문에 아무래도 글이 다소 답답하고 독자를 사로잡을 수 있는 어떤 긴장감으로 연결되지 못한다는 아쉬움이었지요. 그 친구는 자기가 직접 본 것, 있었던 일을 그대로 재현해 내는 일에 즐거움을 느꼈을 뿐이지요. 자신이 보지 않은 그 부분에 대해서 상상으로 예측하고 예언하는 즐거움만 따랐다면 그 글은 정말 좋은 글이 되었을 것이 분명하지요.

마을에 병사들이 들어와 젊은 여자를 찾습니다. 자기들 대장이 여자를 잡아오라고 했기 때문이지요. 젊은 여자가 있는 집에서는 아예 숨어 버리거나 무슨 큰 병에 걸린 것처럼 얼굴을 싸매고 누워 있어야 하는 상황이 벌어집니다. 어린아이인 작품의 화자가 본 집에서도 젊은 여자 얼굴에 물을 끼얹어 열병을 앓는 것으로 위장해 위기를 모면합니다. 여기까지가 있었던 사실이지만 소설 쓰는 즐거움은 바로 이분에서부터 얘기가 새로이 시작돼야 한다는 것입니다.

아이는 건빵을 얻어먹기 위해 그 집에서 있었던 일을 병사들한테 고자질을 합니다. 그 일로 마을이 다시 발칵 뒤집히는 거지요. 이래야 얘기가 재미있게 전개되잖아요. 그리고 훗날 그 아이는 그 일로 깊은 죄의식에 빠지게 되고……. 이 부분이 바로 상상으로 이루어져야 한다는 것이지요. 어디선가 그런 일이 벌어졌을 수도 있는, 그 개연성 찾기으로서의 글쓰기가 상상하는 즐거움이란 얘기입니다.

공상이나 망상도 상상에 뿌리를 두고 있지만 앞의 것은 현실이라는 개연성과 맞닿아 있지 못하기 때문에 끈 풀어진 풍선과 같은 것이지요. 문학에서 필요로 하는 상상은 일단 독자를 당혹스럽게 한 뒤 고개가 끄덕거려질 수 있는 개연성을 가지고 있어야 한다는 것이지요.

작가의 상상하는 즐거움은 자신의 상상 세계에 독자들을 동참시키는 것이지요. 작가가 상상으로 작품을 썼을 때 독자들도 상상에 의해 그 작품 세계를 여행하는 즐거움에 빠지게 됩니다. 그리하여 좋은 소설은 작가와 독자가 상상을 나눠 발휘하는 즉 독자의 몫을 많이 남긴 작품이라는 것이지요.

대중 통속소설과 본격소설을 구별하는 방법도 그것이 상상의 세계인가, 공상의 세계인가를 따져 보면 금방 알게 됩니다. 즉 독자의 몫으로 무엇인가를 남기는 작품인가 아니면 작가가 독자의 수준을 얕잡아 보고 제멋대로 얘기를 마무리한 것인가에 의해 그것이 결정된다는 것이지요.

소설은 거짓말 이야기입니다. 그 거짓말을 만드는 힘이 상상력입니다. 그 창조성의 상상력을 왜 하필 거짓말을 하는데 씁니까. 믿게 하기 위해서지요. 지금까지와는 다른 새로운 의미, 새로운 해석, 지금까지의 모든 것을 부인하며 새로이 내보이려는 새로운 가치 새로운 질서를 믿게 하기 위해서 거짓말이 필요하다는 것입니다.

같은 거짓말이라 해도 좋은 문학 작품을 빚어내는 상상력에 의해 만들어진 것은 개연적 진실을 바탕으로 합니다. 그러나 대중 통속소설이나 일부 텔레비전 드라마 등은 우연성이 많아 진실을 얘기하는 자리에 놓이기 어렵습니다. 일상과 똑같은 말, 똑같은 행동을 하니까 현실성을 띄고 있는 것처럼 보이지만 사실 잘 살펴보면 그 내용이 우연성 덩어리라는 것을 금방 알게 됩니다.

적어도 문학에서 필요로 하는 상상은 우연이 아닌 개연적 진실과 가까이 있다는 것을 독자들 처지에서 잊어서는 안 됩니다. 상상에 의한 글쓰기가 즐겁듯 독자들도 작가의 상상 세계에 동참해 어떤 새로운 의미를 찾아내는 일로 즐거움을 삼아야 할 것입니다.